KB165423

세상을 풍자한 시

얼빠진 시대

등단 50주년 기념, 架下 제27 시집

얼 빠진 시대

초판 1쇄 발행 2020년 4월 13일

지 은 이 | 이동진
펴 낸 곳 | 해누리
펴 낸 이 | 김진용
편집주간 | 조종순
디 자 인 | 종달새
마 케 팅 | 김진용

등   록 | 1998년 9월 9일 (제16-1732호)
등록변경 | 2013년 12월 9일 (제2002-000398호)
주   소 | 서울시 영등포구 당산로 20길 13-1
전   화 | (02) 335-0414   팩스 | (02) 335-0416
전자우편 | haenuri0414@naver.com

ISBN 978-89-6226-114-1(03810)

* 이 도서의 국립중앙도서관 출판예정도서목록(CIP)은 서지정보유통지원시스템
홈페이지(http://seoji.nl.go.kr)와 국가자료공동목록시스템(http://www.nl.go.kr/
kolisnet)에서 이용하실 수 있습니다.(CIP 제어번호 : 2020010358)

등단 50주년 기념, 架下 제27 시집

세상을 풍자한 시

얼빠진 시대

李東震 지음

해누리

머리말

찜통더위 어느 날 생맥주 집.

평소 허물없이 지내는 후배가 한마디 던졌다.

"돈도 안 되는 시는 왜 쓰세요?"

그런 말은 50년 전부터 이미 귀에 못이 박이도록 들어왔기 때문에 굳이 예민한 반응을 보일 필요성조차 느끼지 못했다. 하지만 그냥 넘어가기에는 뭔가 좀 찜찜했는지 나도 한마디 툭 던졌다.

"돈? 돈 벌려고 태어난 건 아니잖아? 사람답게 살아야 사람이지. 요즈음 모두 돈에 미쳐서……. 얼빠진 세상이야. 얼빠진 시대라고!"

그래서 결국 이 시집의 제목이 우연하게 떠올랐다. 얼빠진 세상, 얼빠진 세월, 얼빠진 시대……. 사실이 그렇지 않은가?

우하하하! 허허허허!

후배와 나는 한바탕 웃고 말았다.

"내 영혼의 노래 (등단 40주년 기념시집)" 출간 이후 지난 10년 동안 쓴 시 가운데 극히 일부만 골라서 여기 모았다. 말하자면 등단 50주년 기념시집인 셈이다. 남이 알아주든 말든 상관할 것도 없이 무조건 자축하는 것이다. 못할 것도 없지 않은가? 어차피 돈도 안 되는 시라고 하는데……, 눈치 볼 게 뭔가?

　정치 판검사, 정치 성직자, 정치 언론인, 정치 교수, 정치 선생, 정치 학생, 정치 노조 등등……. 우향우! 좌향좌! 개나 소나 모조리 정치판에 뛰어들어 죽기 살기로 아우성치는 세상이다. 뭐를 더 먹겠다고, 아니, 뭐를 남의 것 더 빼앗아 먹겠다고 미쳐 돌아가는지 도통 알다가도 모를 세상 꼴이다. 눈부시게 발전했다는 게 고작해야 고 모양 고 꼴이다. 그래, 좋다. 해볼 테면 해봐라. 까무러치든 맞아죽든 각자 자유다. 명색이 민주주의 국가라고 하니, 누구나 자유다. 자유! 우하하하! 허허허허!

워낙 돈 세상이라서 돈벌레는 돈으로 말한다고 한다. 하지만 시인은 시로 말한다. 그러니까 앞으로도 나는 시집을 계속해서 낼 작정이다. 등단 60, 70, 80주년 기념 시집을 내 눈으로 혹시라도 볼 수 있다면 더없는 행운(?)일 것이다.

그럼, 100주년 기념 시집은? 영광일까? 저승에서는 영광이고 자시고 없을 테니, 살아있는 사람들에게나 어쩌면 영광일지도 모르겠다. 이 시집의 시들은 얼빠진 세상, 얼빠진 시대에 그나마 얼 차린 시인이 남긴 삶의 흔적일 수밖에 없으니까…….

우하하하! 허허허허!

웃자. 배꼽이 빠지도록 웃어보자. 웃으면 속이라도 시원해진다. 웃으면서 살자. 어차피 앞으로도 줄기차게 얼빠진 세상, 얼빠진 세월, 얼빠진 시대일 수밖에 없을 테니까…….

우하하하! 허허허허! 虛虛虛虛!!!!

2019년 12월, 서울 신림동 架下 서재에서

《현대문학》1970년 02월호 수록

박두진 시인이 추천한 시 후기

[시 추천 후기]

이동진 씨의 3회 추천을 끝낸다.

〈다시금 돌아가야 한다〉는 지금껏 보다 뛰어나게 좋은 작품은 아니지만 그의 견실(堅實)한 그동안의 수련 실력을 알아볼만 한 것이다.

시가 먼저 사상의 기조(基調)가 서 있어야 하고 그것이 정서적 안정과 조화를 표현으로서 획득해야 함은 물론이지만, 이동진 씨는 미흡한 대로 이에 대한 불안을 가시게 해주고 있다.

정력적인 다작을 탓할 생각은 없으나 꿈을 몰고 대리석을 쪼듯 좀더 조형적인 조탁(彫琢)에 힘써주었으면 한다.

시적 천질(天質)을 다듬는 것과 사상과 기교의 원숙을 위한 노력이 결코 쉬운 일이 아니며 일생을 걸어야 하도록 지난(至難)한 사실임을 재인식하기를 당부한다.

박 두 진

【詩推薦 後記】

李東鎭씨의 三回薦을 끝낸다.

「다시금 돌아가야 한다」는 지금껏 보다 뛰어나게 좋은 作品은 아니지만 그의 堅實한 그동안의 修鍊實力을 알아볼만 한 것이다.

詩가 먼저 思想의 基調가 서있어야 하고 그것이 情緖的 安定과 調和를 表現으로서 獲得해야 함은 勿論이지만, 李東鎭씨는 未洽한대로 이에대한 不安을 가시게 해주고 있다.

精力的인 多作을 탓할 생각은 없으나 꿈을 몰고 大理石을 쪼듯 좀더 造型的인 彫琢에 힘써주었으면 한다.

詩的 天質을 다듬는 것과 思想과 技巧의 圓熟을 위한 노력이 결코 쉬운 일이 아니며 一生을 걸어야 하도록 至難한 事實임을 再認識하기를 당부한다.

(朴 斗 鎭)

7

《현대문학》
1970년 02월호
【추천 완료 詩】
다시금 돌아가야 한다

다시금 돌아가야 한다

이 동 진

다시금
집으로 돌아가야 한다

한낮의 이야기들을
뜨겁게 안주머니에 접어넣은 채
아직 마무리하지 못한
아스팔트의 욕망들을 들여다보며
가슴을 한 겹씩 뜯어내면서
우린
돌아가야 한다
그림자만이 길게
길에 부드러움을 깔며 가는 시간

스스러운 표정 위에 서러움이
설익은 석류 속처럼 물보라 지면
마구 선인장을 씹듯
새빨갛게 하루를 다지는 사람들

거품의 볼마다 영롱하게 흐르던 숲은
어두움에 부풀어 터져 버리고
스피카에선
문득 난파선의 비명이 쏟아지고
하아……
하아……
숨결은 거칠어진다

단색의 바리게이트 앞에 얼어붙은
심장과 의무의 시선을 지나
끝없이 소박한 원시의 거리로 가면
아마
우리의 등불은 밝혀지겠지
싱싱한 녹색의 풀은
쓰라린 발바닥에 이슬을 주고

지금은 망설임 없이
경건하게 돌아가야 한다
집으로
집으로 돌아가야 한다

다시금 돌아가야 한다

李東震

가하(架下)의 예레미아

이 동 진

　멀리서 강변의 모래밭을 바라보면 주름 하나 없이 다리 미로 민 것처럼 보이나, 그 모래밭 펼쳐진 폭에는 숱한 주름과 상처와 발자국과 그리고 추억의 잔물결들이 향기처럼 맴돌고 있는 것이다. 대략 4년 동안 끄적거렸던 나의 300여 편의 시들과 추천된 3편의 시들과의 엄청난 대비(對比) - 그것은 정적에 젖은 채 하늘을 담고 있는 모래톱의 언어로나 이야기할 수 있을까? 이제 원시림 앞에 서서 젊음과 순수의 등(燈)만을 들고 그 깊은 어둠을 헤쳐 보려는 탐험가처럼 나는 새삼 시의 영역으로 들어서는 것이다.

　발표 그 자체보다도, 그러니까, 문명 속에 일생을 모자이크해야만 하는 숙명의 한 청년으로서 나는, 가장 진실한 증언자가 되고 싶다. 시의 음성과 의상을 통하여, 비록 십자가 아래 고독한 예언자가 된다 하여도, 퇴색하지 않는 언어로 삶 그 밑바닥을 갉아 먹는 목액에 중화제를 던지며, 핏방울 다하는 발언자가 되고 싶을 뿐이다. 일체의 성실을 응결시켜 나의 펜끝에서 어리석음과 욕망과 오류의 혼돈이 파멸하도록 조그마한 넋을 불태우고 싶을 뿐이다.

가하(架下)의 예레미아가 합창이 된다면, 얼마나 좋으랴! 들을 귀 있는 자만이 시의 음성을 들을 수 있고, 또한 들리는 음성으로 이야기하는 자세를 더욱 닦아야 함을 가슴에 새긴다.

박두진 님께 감사드리며, 사랑하는 어머니와 다정한 벗들, 특히 최초로 나의 시를 깊이 이해해주었던 벗 요한과 함께 이 시작의 기쁨을 나누고 싶다. 운율의 불꽃 속에 미소처럼 떠오르는 하나의 얼굴을 응시하며 그것이 불멸의 묘비명으로 나의 이름 곁에 기록될 얼굴이기를 진실히 갈망하며 소감을 줄인다.

1945. 1. 1   황해도 옹진 출생
1970. 2   서울대 법대 법학부 졸업예정
1968. 10   카톨릭시보 주최 현상문예작품모집 시 당선
현(現)   외무부의전실여권과

11

【안춘근, 《한국고서평석》에서 〈韓의 숲〉 평하다】

《韓의 숲》, 이동진

출판된 지 오래 되어 흔히 찾아볼 수 없는, 고서점에 있는 책을 고서(古書)라 하고, 한손 건너서 헌책 속에 쌓여 있는 책을 고본(古本)이라고 한다면, 그 같은 고본 가운데서도 좋은 책을 찾아낼 수가 있다. 얼마 전에 늘 다니던 고서점에 갔다가 오래 된 고서만을 고르는 사람들의 관심 밖의 고본이 널려 있는 자리에서 특별히 눈길을 끈 책이 있어 집어 들었다.

이 책은 4×6배판 크기의 큰 양장본인데 표지의 위로부터 3분의 1을 옆으로 잘라 "韓의 숲"이라는 제호를 쓰고 그 아래 3분의 2 부분에는 컬러로 나무를 그린 서양화로 가득 채우고 있었다. 이상하게도 표제인 "韓의 숲"의 글자가 보는 각도에 따라서 금빛이 어른거리는 것이었다. 이상하다 싶어 손에 들고 자세히 살펴보았더니 아니나 다를까, 글자의 검은 바탕 속에 나뭇잎 모양의 금박이 박혀 있었다.

그렇다면 이 책의 내용이 어떻든 우선 장정으로 보아 다른 책과는 다른 관심을 끌게 하는 책이었타. 우리가 어떤 책을 희서(稀書)라고 말하는 것은 그야말로 보기 드문 희귀한 책일 경우이고, 기서(奇書)라는 것은 책의 내용이야 어떻든 다른 책과 틀린 특별한 모습만 드러내도 그렇게 말할 수 있다.

그런 의미에서 이 《韓의 숲》은 기서라 할 만 했다. 책의 만듦새가 다른 책과는 다른 것이기 때문이다. 속표지를 열어 보고서야 이 책이 이동진(李東震)이라는 사람의 시화집이라는 것을 알 수 있었다. 또 1969년 12월 18일에 이모에게 기증한 책이었다는 사실도 알게 되었다. 같은 해 12월 1일에 '지학사'에서 출판된 이 시화집에는 많은 원색 삽화가 들어 있는 호화판이다. 그림을 그려 준 화가에게 기증한 책이었는데 어찌된 사연인지 고서점 한구석에 나돌고 있었다. 작가는 책이 출판되자마자 재빨리 서명해서 그에게 기증했는지도 모를 호화판 시화집이었지만, 얼마 전에 고서점에서는 단돈 1천 5백 원에 팔리는 고본이 되고 말았다.

책은 사람과 같아서 태어나면서 각기 운명이 달라진다. 사람들이 같은 때 태어나도 서로 운명이 다른 것처럼 책도 같은 날 같은 시각에 발행되지만 어떤 책은 도서관 깊숙이 보관되어 오래 생존할 수 있으나, 어떤 책은 출판되자마자 이 땅에 발붙이지 못하고 사라지는 수도 있다. 책은 발도 없이 세계 어느 곳이나 여행할 수 있다고도 하지만 어떤 책은 태어난 지 얼마 안 되어 무참히 파손되어 쓰레기통으로 들어가는 것도 있다. 책의 운명이 사람과 같다는 생각은 어제 오늘에 비롯된 말이 아니라는 사실을 이 책의 작자도 알고 있었던지 61페이지에는 책을 펴 놓은 그림에 곁들여서 〈삶은 한 권의 책〉이라는 시가 실려 있다…… (이하생략)

> － 《한국고서평석(韓國古書評釋)》 동화출판공사,
> 1986년 9월 5일 초판 발행, 본문 중에서

13

■ 이동진 시집 출판 목록 (1969~2019) ■

《韓의 숲》
지학사, 1969.12.

《쌀의 문화》
삼애사, 1971.5.

《우리 겨울길》
신서각, 1978.3.

**《뒤집어 입을 수도
없는 영혼》**
자유문학사, 1979.1.

《꿈과 희망 사이》
심상사, 1980.5.

**《Sunshines on
Peninsula》**
Pioneer Publishing Co.,
Los Angeles, 1981.3.

《신들린 세월》
우신사, 1983.7.

《Agony with Pride》
Al Hilal Middle East
Co.,Ltd., Cyprus, 1985.1.

《Agony with Pride》
서울국제출판사, 1986.8.

《이동진대표시선집》
동산출판사, 1986.8.

《마음은 강물》
동산출판사, 1986.8.

《객지의 꿈》
청하사, 1988.8.

《담배의 기도》
혜진서관, 1988.11.

**《바람 부는 날의
은총》**
문학아카데미, 1990.1.

《아름다운 평화》
언론과 비평사, 1990.12.

**《우리가 찾아내야 할
사람》**
성바오로출판사, 1993.3.

**《오늘 내게 잠시
머무는 행복》**
문학수첩, 1995.10.

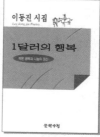

《1달러의 행복》
문학수첩, 1998.4.

시인의 발자취

《지구는 한 방울 눈물》
동산출판사, 1998.4.

《Songs of My Soul》
독일 Peperkorn
Edition, 1999.10.

《개나라의 개나으리들》
해누리출판사, 2003.9.

《사람의 아들은
이렇게 말했다》
해누리출판사, 2007.6.

《내 영혼의 노래》
등단 40주년 기념시집
해누리출판사, 2009.11.

《Songs of My Soul》
《내 영혼의 노래》영문판
해누리출판사, 2009.11.

《개나라에도
봄은 오는가》
해누리출판사, 2014.12.

《굿모닝, 커피!》
해누리출판사, 2017.12.

《얼빠진 세상》
등단 50주년 기념시집
해누리출판사, 2019.12.

Contents

국가란!

Capter 2

권력이란!

Capter 3 돈이란!

Capter 4 개 같은 대통령!

이게 나라냐고 물으신다면

이게 나라냐? 사기도박 판이냐?
그는 고종 말기 때 질문인 줄 알고
얼떨결에 정신없이 중얼거린다.
암, 이런 것도 나라는 나라지.
국왕 폐하 만세! 만수무강!

이게 나라냐? 정신병원이냐?
그는 일제 말기 때 질문인가 해서
이를 악물고도 들릴듯 말듯 대꾸한다.
대한독립 만세! 할렐루야, 아멘!

이게 나라냐? 생지옥이냐?
하루 벌어 고작 입에 풀칠 주제라
비몽사몽 외마디 비명만 내지른다.

지옥이 따로 있냐?
배고픈 데가 바로 지옥이지!
억울해도 입 닥치는 데가 생지옥이지!
배도 부르고 힘도 센 것들이야
끼리끼리 돌아가며 돈방석에 앉아
지옥이 뭔지 알 턱이 어디 있냐?

이게 나라냐고 물으신다면
세상에는 이백여개 나라가 있는데
빽만 든든하면 어디나 좋은 나라,
가짜 증서 위조할 연줄마저 없다면
어딜 가나 자손만대 생지옥이라 아뢰오!

국
가
란
!

아, 대한민국(1)

누군가는, 아, 대한민국! 우와! 최고!
누군가는, 아, 대한민국? 아하, 겨우?
누군가란 과연 누구인가?
너도 나도 아니라면,
누구냐 묻는 자는 도대체 누구인가?

아! 하는 것은 자유,
아하? 하는 것도, 그래, 자유겠지.
누구나 입은 있으니까.
하지만 날벼락도 자유일까?
팔자일까?

아하?
아이고!

아, 대한민국(2)

날이면 날마다 굶주리기에도 지쳐
보릿고개에서 마지막 숨 거둔 부모형제
한 뼘 묻을 땅조차 없던 그 때,
되돌아보기조차 지겹지만
하염없이 눈물만 샘솟는 그 때,
바로 엊그제!

포식밖에 모르는 용과 곰 그 발톱 아래
맹장처럼 달라붙은 손바닥 밭에서
굶어죽고 맞아 죽는 수백 만 목숨,
입을 닥쳐도 가시철망에 갇히는 몸뚱이들,
그건 땡볕에 말라 죽은 지렁이들인가?
개항 이후 백 년도 더 지난 오늘도 여전히!

에어컨에 히터에 계절도 잊은 채,
쌀이 남아돌아 막걸리 만들어도 안 팔려.
외국 위스키에 와인에 찌든 거리에서,
아하, 대한민국? 아하, 겨우?

그래, 잘 났지!
하늘에서 떨어진 원숭이들!

다시금 굶어죽는 날이 온다 해도,
머리 위에서 핵폭탄이 터진다 해도
나는 외칠 것이다 마지막까지,
아, 대한민국! 우와! 최고!

이게 나라냐? 하니

이게 나라냐? 하니
넌 어디서 튀어나온 뼈다귀냐? 하더라.

개천에서 용 났다고 샴페인 펑펑,
도박판 싹쓸이, 뭐든지 공짜 타령!
동해, 서해, 남해마저 너도나도 달려들어
마지막 한 방울까지 마셔버려야 속 시원!

이게 나라냐? 하니
넌 어디서 밥을 얻어먹었느냐? 하더라.

오른쪽은 바닥없는 개미지옥이요,
왼쪽은 천길만길 깎아지른 낭떠러지라.
나침반도 없이 실낱같은 산길 헤매는
민초들이란
거미줄에 간신히 매달린 이슬방울들.

이게 나라냐? 하니
넌 어디 뼈를 묻을 거냐? 하더라.

한 나라의 얼굴

어딜 가나 너무나도 자주 내미는
한 나라의 얼굴.
제 눈에는 한없이 잘났겠지만
남의 눈에도 과연 그럴까?

편견으로 편가르기는 제발 그만,
우매한 아집에 독주도 지긋지긋.
탐욕의 무한 심연에 익사하지도,
권력의 칼부림에 자멸하지도 말기를!

어느 누가 간절히 바라지 않겠는가,
이 세상 그 어느 나라인들!
하지만 민초들의 갈망이란
그 얼마나 가엾고도 허망한가,
언제나 어디서나!

희대의 영웅 따위야 말할 것도 없고
절세미인이야 바랄 수도 없겠지만,

한 나라의 얼굴이라면 제발 또 제발
제 정신에 최소한의 상식이라도!
따뜻한 가슴에 약간의 자비라도!

고작해야 이 정도 염원일 뿐인데도
어찌하여 번번히 물거품이 되는가,
이 세상에 수많은 나라에서!

온 누리는 유사이래 조금도 변함없이
뻔지르르 사탕발림에 약육강식,
뻔뻔한 얼굴들의 쓰레기통,
난장판.
하늘은 과연 정의로운가?
인류를 참으로 사랑하는가?

6·25 전사자의 말

조국을 위해 내가 죽었다는 말은
하지도 마라!
적어도, 조국을 전혀 사랑하지도 않는 자,
그 더럽기 천하에 짝이 없는 입으로는!

나는 적의 총탄에 쓰러졌을 따름이다.
나는 적이 미웠고
적 또한 나를 미워했기 때문이다.
나는 나를 위해 싸웠고
나 자신을 위해 쓰러졌을 뿐이다.

조국을 위해 내가 쓰러졌다는 말은
하지도 마라!
적어도, 조국이 무엇인지도 모르는 자,
그 지겨운 악취 풍기는 입으로는!
나에게는 나 자신이 조국이었고
조국은 나와 함께 쓰러졌기 때문이다.

조국이란 말 입에 담을 자격조차 없는 자들,
그들은 나의 동족도 형제도
친구도 결코 아니다!
내가 어찌 그런 자들을 위해
목숨을 바쳤겠느냐?

고맙다는 말 따위 나에게
하지도 마라!
적어도, 제 잘난 맛에 날뛰는 자들,
그 뻔뻔한 낯짝에 붙은 입으로는!
하늘 아래 땅 위의 모든 것이 고마운 존재인데
그것조차 모르는 자들,
그 알량한, 거짓말로 썩은 혀로는!

6·25 전사자의 유해의 말

6·25의 피 비린내, 증오의 악취 속에 쓰러진 지
60년이나 지나 지상의 햇빛을 받자마자
나는 놀랐다.
나는 참으로 소름 끼치도록 놀랐다.

보릿고개에 맨발로 통학하던 원시사회가
교통체증에 짜증내는
21세기로 도약했기 때문이었던가?
눈부신 경제발전, 한없는 풍요와 쾌락에도
나는 결코 놀라지 않았다.

문자 그대로 천지개벽!
완전히 탈바꿈한 산천에도 도시와 농촌에도
나는 털끝만큼도 놀라지 않았다.
때가 되면 그것은 오고야 말 것이었을 뿐.

나를 뼈저리게 경악시킨 것은 무엇이었던가?
우리가 소나기 적탄에 쓰러졌을 그 당시와

조금도 다름없이, 아니, 오히려 더 지독하게
천지를 뒤흔드는
증오, 불신, 배신, 위선, 거짓말
바로 그런 것이 아니었던가!

전쟁은 아직 끝나지 않았다.
적은 분명히 숫돌에 칼을 여전히 갈고 있다.
그러나 아무도 그 사실을 믿지 않는 나라,
그 백성, 그들의 철부지 환상이야말로
불타는 창날이 가슴에 박히듯
나의 간담을 서늘하게 만들었던 것이다!

이런 지상이라면 나는
햇빛 아래 남고 싶지 않다.
나를 다시 땅 속 깊이 묻어라!
그래야만 단 하루라도 내가 안심하고
편안히 누워 잠을 즐길 수 있지 않은가!
장송곡이란 오로지
살아 있는 자들을 위한 것이다!

바이러스 황제 폐하!

눈에 보이지도 않는데
어디 붙어 있는지 누가 알랴!
어떻게 돌아다니는지는 더욱이나!

바이러스는 황제 폐하,
생명의 원점,
그리고 죽음의 문을 여는 열쇠.
혹성 지구는 그 앞에 납작 엎드린 채
사시사철 온몸을 부들부들 떤다.

환자들은 쉬쉬하며
요리조리 거짓말에 둘러대기.
의사들은 윗놈들 눈치 보기 바빠
갈팡질팡에 허둥지둥.

장관인들, 대통령인들, 왕인들
뭐 쥐뿔 아는 게 있어야 해 먹지!
황제 폐하 앞에서 도대체

지들이 뭔데?

병원이란 원래 온갖 종류의 바이러스,
눈에 보이지도 않는 그것들이 모이는 천국.
거기 대고 헛소리에 빈 나팔만 불어대는
허깨비 지도자들에게 뭘 기대해?

병들면 힘들고, 힘들면 괴롭지.
그래, 고생이 막심! 막심! 막심!
하지만 어쩌겠어?
표류하는 난파선에 탄 게 바로 팔자!
팔자! 팔자! 팔자라고!

억울해서 못 살겠다?
그럼 갈아치워!
보기 싫은 것들 모조리!
무능한 것들 모조리!
썩은 것들 모조리! 하나도 남김없이!

부패의 먹이사슬

껍질은 반들반들 윤이 나지만
속은 썩은 밤……
그것도 물건이랍시고 가르치는 말:
무엇이든 겉보기로는 판단하지 마라!
그럴까?
썩은 밤도 밤은 밤이다!
이걸까?

이목구비는 번듯해서 미인으로 보이지만,
성형, 정형 수술은 둘째 치고라도,
마음보가 아예 비뚤어진 여자라면……
멍게도 할 말이 있다고 굳이 내뱉는 말:
지가 멍게 맛을 알아?
그런 걸까?

넥타이 매고 고급차로 싸다니는 정치인들,
그들은 썩은 밤일까? 가짜 미인일까?
아니면, 돌연변이 괴물 또는 망나니 로봇들일까?

속이 썩었다면 유구한 역사의 유물일 테고
청렴하다면 멸종 직전의 보호대상 희귀동물일 터.
과연 그럴까?

징역 10년, 벌금 1000억 원도,
사면! 그 한 마디로
뚝딱! 쓱싹! 없던 일이 되어 버리는 세상.
그들은 백의종군하는 충신들일까?
세상에! 정말?
아니면, 을사오적보다 더한 역적들일까?

더욱이 도깨비 방망이 마구 두드려 대는 자들은
요순보다 더 훌륭한 성인군자들일까?
과연!
이상하고 아름다운 도깨비 나라!
요상하고 기기묘묘한 도깨비 천국!

이 따위 청문회라면

남의 말에는 콧방귀만 뿡뿡 뀌는 자들
무슨 말이 그리 듣고 싶어 안달이냐?

남의 말이라면 쌍욕에 저주마저 마구 토하는 자들
무슨 말 그리 설사 못해 온 몸에 쥐가 나냐?

자기 말만 옳다고 마이크에 대고 악쓰는 자들
온 천하에 천치들만 널린 줄 알고 굿판이냐?

자기 말이 법이라고 눈알 부라리며 핏대 올리는 자들
그놈의 헌법 그놈의 헌법 씨부리는 입은
어디서 나왔냐?

내 새끼가 죽으면 국립묘지에 안장해야 마땅하지만
남 새끼가 죽으면 개 묘지에 처박아둘 심보더냐?

들을 귀도 없는 자들이 모인 것이 무슨 청문회며
더러운 입만 모인 자리가 얼어 죽을 청문회냐?

엿이나 먹고 다운계약서에 도장이나 찍고 있으면
저절로 감투 벼락 맞아 로켓처럼 치솟을 것을!

청문회 천번만번에 뭐 얻어먹을 게 있다고
시간 낭비, 전력 낭비에 영혼까지 팔아먹고 있냐?

이 따위 청문회라도 나가야 명성 떨친다 믿는 자들,
그들 배알은 소주 안주 곱창 깜도 못 되는 판에!

오리 떼와 청문회

꽉! 꽉 잡아라!
꽉! 꽉 물어라!
꽉! 꽉 끌어안아라!

꼬리에 꼬리를 물고 들어간다.
뒤뚱뒤뚱 으스대며 들어간다.
고개는 빳빳, 어깨는 활짝,
어디로 들어가나? 청문회 아닌가!

꽥! 기절한다 꽥하고.
꽥! 자빠진다 꽥하고.
꽥! 죽는다 꽥하고.

줄줄이 줄줄이 실려 나온다.
비실비실 기죽어서 기어 나온다.
얼굴은 푹 가리고 두 손은 홰홰 내저으며,
어디서 나오나? 마녀 사냥터라 하던가?

오리 떼의 신나는 노래 꽉! 꽉! 꽉!
탐관오리들의 단말마는 꽥! 꽥! 꽥!
무명의 민초들이 오늘을 살아가는 이곳은
자유, 민주, 그리고 공화국이다.
무기력한 민초, 어리석은 무지랭이라니!
어느 미친 년 놈들의 백일몽 잠꼬대냐?

국토개조

전국의 국토를 자기 집 앞마당 가꾸듯,
떡방아 아줌마 떡 주무르듯 개조하려는 짓은
개가 콩엿 먹고 버드나무에 올라가는 꼴이다.
그래서 우매하다 지탄받는 백성은
개 꼬락서니 미워서 낙지 사는 법.

오늘 여당이 내일은 개꼴 야당 되고
개꼴 야당도 여당이 된 뒤에는 영락없이
또 다시 개꼴 야당으로 전락한다.
야당일 때 야당다워야 광땡 잡고
여당일 때 여당다워야 망통이라도 먹지!

개꼬리 3년 두어도 황모 못 된다면,
개 눈에는 똥만 보이기에
이것저것 가리지 않고 게걸게걸 먹어치우다
된통 배탈이 나 교도소 뒷간에 가나?
개가 약과 먹은 것처럼
자기가 처먹은 것이 무슨 맛인 줄도 모르다가
쇠고랑 맛이나 보려고 개쇠발괄 떠들고 다니는가?

끄나풀이나 잘 잡은 주제에 아무 공도 없이
훈장, 감투, 명예 모조리 독식하는 짓은
개뼈다귀에 은 올리는 허튼 수작!
개하고 똥 다투지 않는 사람들이
정말 개보다 못해서 가만히 있는 줄 아는가?

개 같이 벌어서 정승 같이 먹어야
매일 밤 편안히 다리 뻗고 잘 수 있지,
허깨비 정승 같이 남의 앞잡이 노릇만 하다가는
아무리 닷새 뒤 개가 주인을 알아본들
주인은 개를 개 취급도 하지 않을 것이다.

개만도 못한 주제에 똥개, 사냥개, 진돗개,
황구, 흑구, 백구, 모조리 몰고 다닌다 해서
개보다 더 훌륭한 자는 될 수 없지 않은가?

한 마디로……
개떡 같은 수작으로 뭇 사람 속이려 들려면,
개똥만도 못한 짓으로 웃기려 들겠다면,
차라리 개로 환생해서
여름철 여러 사람의 영양 보충이나 해주어라!
그러면 혹시 극락왕생할는지 누가 알겠나?

거짓말 공화국

끝까지 살아라, 하루라도 더!
인생이란 끝까지 사는 것, 무조건!
그래야만 거짓말쟁이 하나라도 더
세상에 드러나는 걸 볼 수 있으니까!

머리가 거짓말하고 손발도 거짓말.
몸통도 깃털도 모두 입만 열면 거짓말.
아니, 침묵도 미소도 온통 거짓말!
그들의 몸짓도 은밀한 동작도 거짓에 불과하니
자녀도 자손도 가짜가 아닐까?

죽는 날까지 끝까지 살고 볼 일.
그래야만 하나라도 더
폭로된 거짓말이 시궁창에 뒹구는 꼴을 본다.
새빨간 거짓말들,
새카만 혓바닥들,
새하얀 뼈들을 본다!

장난감들

씨 없는 감,
씨 없는 수박
맛있다.

먹는 사람들이나
먹히는 과일이나
이미 죽은 것들.

썩을 씨가 없으니
땅에 떨어져 묻혀도
싹이 날 리 없다.

원자탄, 미사일
씨 없는 감만도 못한 것들,
짐승만도 못한 것들의 장난감.

역사의 허구

무수한 사람의 무수한 체험이 기록되는 동안
공상과 환상의 기록, 그보다 얼마나 더 많았던가!
비방, 저주, 거짓말은 또 그보다 얼마나 더 많았던가!
고작 그런 것을 민족, 국가, 인류의 역사라고 하지만
남은 것은 사라진 것의 티끌이라도 되는가?
남은 것이라 해서 반드시 다 옳은 것은 물론 아니고
남았다고 해서 모두 가치 있는 것도 아니지 않은가?

지금도 무수한 사람의 무수한 체험이 기록되고 있고
조작과 거짓말은 놀라운 기술로 더욱 판치고 있다.
고작 그런 것을 여전히 역사라고 떠받드는 사람들,
역사에 하찮은 이름 남기겠다며 발버둥치는 사람들,
그들에게 물어보라, 과거를 제대로 살펴보았는지!
우주에 지구의 식민지들이 개척되는 시대인들
남는 것이 사라진 것의 티끌의 티끌이나 되는지를!

지구, 아니, 우주라는 무대에 잠시 등장한 배우라면
왕이든 실업자든, 주연이든 단역이든, 그 누구든

목숨마저도 빌렸다가 다시 자연에게 돌려주어야 한다.
그들에게 물어보라, 가장 멋진 연기가 무엇인지!
가장 정직하게 사는 삶이야말로 가장 멋진 연기임을
그들이 정녕 알고나 있는지 물어보라!
가장 선하게 사는 삶만이 가장 가치 있는 연기임을
그들이 한 순간이나마 깨달은 적이 있는지를!

계절 앞에서 헛소리는 그만 두고

얼어붙은 강 두터운 얼음장 밑에서도
겨울의 뒤 이을 계절은 그리 멀지 않다.
눈보라 몰아치는 칼날의 삭풍 속에서도
생명의 계절이 여전히 풍기는 향기
알거나 모르거나 끊임없이 퍼지고 있다.

수백 층 빌딩의 숲이 도심을 차지한들
스며드는 계절 앞에서는 속수무책 아닌가?
원자탄, 수소탄, 대륙간 탄도미사일마저
단추 하나 눌러 가볍게 발사하는 손인들
고개 드는 들꽃들 못 피게 막을 수가 있는가?

태평양에 멸치 한 마리 알에서 부화하듯
사람 또한 대지의 품에 알에서 태어나지 않는가?
멸치가 바다에서 잠시 놀다가 사라지듯
우리도 순식간에 지상을 스쳐가는 바람 아닌가?

우주가 유한하든 무한하든 무슨 상관이며

알 수도 없는 그것이 우연한 것인들 무슨 걱정인가?
사람만이 우주의 주인이라 아무리 큰소리친들
그것이 호락호락 손아귀에 잡히기라도 하는가?

가는 계절 말리지도, 오는 계절 막지도 못하는,
아니, 자기 코앞 한 치도 내다보지 못하는 주제라면,
역사에 남을 위업, 영원불멸 따위 헛소리 집어치우고
친구들과 술이나 한 잔 더 하는 게 낫지 않은가?
정신이 든다면, 남에게도 좀 넉넉하게 베풀고!

꿀꿀이죽

꿀꿀돼지가 미치도록 좋아하는 죽,
그래서 꿀꿀이죽! 돼지의 정식!
창자가 말라 비틀어져
목구멍이 있어도 꿀꺽 소리조차 못 내는 백성.
그들은 어느 폭군에게 잡아먹힐 꿀꿀돼지라서
꿀꿀이죽으로 배를 채우려 했던가?

미군부대에서 흘러나온 꿀꿀이죽이나마 있었기에
수많은 백성 아사를 겨우 면했건만,
반미구호가 천지를 진동하는 소리나 들으려고
그들은 여태껏 연명, 땀 흘려 오늘을 쌓았던가?

핵무기 반대! 독재 반대! 아사 반대!
정치범 수용소 반대! 총살 반대!
그런 구호들은 저승사자가 몰아가 버렸던가?
바로 지금 이 순간에도 어느 곳에선가
꿀꿀이죽이나마 얻어먹지 못해
수십만이, 아니, 수백만이 굶어죽는 판에!

그렇다! 그곳에는 미군부대 따위는 없다.
그러나 핵무기가 있어서 강성대국 아닌가!
공동묘지 위에 건설된 유령들의 강성대국!
만세! 만세! 만만세!

최신유행, 일류라면 사족도 오족도 못 쓰는
몹쓸 신종 광우병에 걸린 광우 같은 신세대가
즐겨 마시는 커피는 스타박스 커피!
그들이 애용하는 간식은 피자!
그런 것은 미군부대가 아니라 바로 달러박스에서
흘러나온 최신식 꿀꿀이죽이 아닌가!

오~! 황홀한 꿀꿀이죽! 세계 첨단의 꿀꿀이죽!
정장한 꿀꿀돼지들이 즐기는 정식 식사!
그들은 과연 어느 손에 도살될 것인가?
에이즈? 이혼? 자살? 돈벼락? 천만에!
그것은 바로 꿀꿀돼지들을 자빠지게 만드는
꿀, 그리고 또 꿀이 아닌가!
착각, 어리석음, 그리고 집단광기가 아닌가!

원인불명이라니!

쪽배도 아니고 한강의 나룻배도 아닌 군함이,
어선도 아니고 유람선도 아닌 1200톤 군함이
연평도 앞바다에서 침몰했는데도,
그것도 순식간에 두 동강 나 가라앉았는데도
원인불명이라니!
일주일이 넘도록 실종자들조차 찾아내지 못하다니!
아니, 함포사격은 새떼를 향해서 한 것이라니!

이순신 같은 제독 바라기는 언감생심이라 쳐도
어느 누군들 오합지졸을 보고 싶겠는가?
쇼도 흥미가 있어야 보고
굿도 흥이 나야 기웃거리기라도 할 게 아닌가?
장난이라면 어린애가 해야 제격일 테고
불장난이라면 개망나니나 하는 게 아닌가?

원인불명! 증거가 아직은 없다!
군함은 저절로 두 동강이 났다?
아, 죽은 병사들만 억울하구나! 애통하구나!

어뢰도 아니고 기뢰도 아닌
유가족들 가슴만 펑펑 터지는구나!
뉴스 화면 쳐다보는 5천만 국민들은 하나같이
모두가 바보에 멍텅구리들뿐이란 말인가?
눈부시게 발전한 과학시대
이 빌어먹을 21세기에!

개만도 못한 인간쓰레기들

부잣집 개는 개 중에서도 그나마 다행.
주인이 배터지게 먹다 버린 것이라 해도
고깃국에 흰쌀밥을 얻어먹는다.

새해 또 새해는 어김없이 돌아오건만
수천 만 생령들은 초근목피 연명마저 어려워
길에서 들에서 쓰러져 죽어야만 하는가?
굶주림에 내몰려 만주 벌판 헤매는 꽃제비들,
중국 땅 으슥한 구석구석에 갇힌 성 노리개들,
차라리 가축으로 태어났더라면 더 행복했으련만!
어쩌다가, 아, 가혹한 운명,
거대한 감옥에서 가축보다 못한 노예가 되었던가!

주인이 배터지게 먹다 내버린 것이라 해도
부잣집 개들은 고깃국에 흰쌀밥을 얻어먹는다.
어처구니없게도 개가 한없이 부러운 21세기
대대로 노예들은 개만도 못한 인간쓰레기!
아니, 개만도 못한 인간쓰레기에게 버림받아

그를 영원히 저주하는 한 맺힌 생령들!

어김없이 돌아오는 새해 또 새해는 그들에게,
무심히 순환하는 사계절은 그들에게 무슨 의미인가?
무심한 척 외면하는 우리는 그들에게 무슨 의미인가?
아니, 배부른 하루하루가
우리에게 과연 무슨 의미인가?

누가 우리의 두 손을 묶고 있는가?
어느 세력이, 집단이, 우리 두 발을 묶고 있는가?
개만도 못한 인간쓰레기를 찬양하는 노래는
우리가 사는 이 땅 그 어느 입에서 나오는가?
귀를 막아도 들려오는 그 노래
지옥의 개들이 짖어대는 흡혈귀의 합창이 아닌가!

아무 개가 중국에 가든 말든

뉴스도 뉴스 나름이지!
아무 개가 중국에 가든 말든
그게 무슨 뉴스냐?
아무 개가 중국에 가서 빌든 말든
그게 도대체 무슨 뉴스란 말이냐?

군함이 갑자기 두 동강 난 것도 자작극,
섬에 포탄이 마구 떨어진 것도 자업자득,
그렇게 생떼 부리는 자들이 득시글거리는 땅에
아무 개가 마약을 밀수하든 빌어먹든
그게 어째서 뉴스란 말이냐?

초근목피 연명하든
심지어 수백 만 명이 굶어죽든,
국경도 아닌 선으로 얽은 촘촘한 그물
그 속에 갇힌 무수한 인민이 노예가 된들
그들에게 도대체 무슨 뉴스가 된단 말이냐?

아무리 애꾸눈이라 해도
세상은 바로 볼 수 있건만,
두 눈 멀쩡한데도 억지 춘향에만 도취한 자들,
몽유병에 광신마저 골수에 스민
자칭 저명인사들, 그들이
나무의 뿌리마저 멋대로 흔들어대는 판에,
나뭇가지에 앉아 쩍쩍 노래하는 참새 떼에게
아무 개가 중국에 가든 말든
그게 무슨 뉴스란 말이냐!

그 날은 모두 평범하다

천둥소리 고막을 찢고 번개 눈멀 듯 친들,
혜성이 꼬리를 길게 끈들,
혹성들이 허공에서 한 줄로 늘어선들,
대륙마다 어마어마한 화산이 폭발한들,
바다마다 엄청난 해일로 몸부림친들
그날이 어찌 누구에게만 특별하겠는가?

같은 날, 바로 그 날,
무수히 이름 없이 태어난 사람들이 있다.
같은 날, 바로 그 날,
무수히 이름 없이 사라진 사람들도 있다.

인류 역사란 눈 깜짝할 순간도 아닌 그 순간
잠시 지상에 비친 허깨비 같은 환상.
이름을 남기든 말든 무슨 차이가 있는가?
세력 있는 자가 태어나든 죽든,
명성 높은 자가 오든 떠나든,
신기루에 무슨 의미를 더한단 말인가?

인류 전체가 환호한다고 해서
파리 한 마리라도 저절로 만들어지는가?
인류 전체가 초혼가를 합창한다고 해서
죽은 자가 하나라도 돌아온단 말인가?

수천 억 인간이 옳다고 소리친다고 해서
불의가 곧 정의로 돌변하는가?
인류 전체가 부정한다고 해서
영원한 존재가 허무로 돌아가겠는가?

그 날은 모두 평범한 하루일 뿐!
대재앙의 날인들,
환희가 극치에 이르는 날인들,
아니, 심지어 최후의 심판의 날이라 해도
역시 평범한 하루일 뿐.

바로 그러니까 오늘 하루만은
특별한 날이 아닌가!
적어도 우리에게는!

평등 사회

불만 끄면 여자는 모두 미인인 지상,
남녀노소 너나없이 송장인 지하.

그런데
자칭 선진국이 되었다는 나라에서
검은 돈이나 처먹는 사람들이,
그들을 비호해주는 무리들이
손에 손잡고 주물러대는 법이 과연
평등 사회의 나침반이란 말인가?

미인들 입술에서 추락한 별들이
낙엽보다 더 천하게 짓밟힌다.
백성이 등 돌린 밀실에서
여전히 구더기 똥파리 떼 우글거린다.

그것들은 평등하다
평등하게 똥이나 먹고 사니까!

빗방울

촛불 하나 못 끄는 하찮은 빗방울.
그러나 모이면
가장 거센 산불도 끈다.

성냥가치 하나 못 움직이는 허약한 빗방울.
그러나 뭉쳐 흐르면
튼튼한 다리도 댐도 무너뜨린다.

집도 빌딩도 나라도 무너뜨린다.
모래성들……
자취도 없다.

사방에서 들리는 신음소리.
무수한 빗방울이 모이고 있다!
그러나 백성은 모두 깊은 잠이다!

누룽지와 복지

밥을 해야 누룽지가 나오지,
생쌀에서 어떻게 나와?
밥이 되야 누룽지를 만들지,
생쌀로 어떻게 만들어 내라는 거야?

떡메로 쳐야 떡이 생기지.
땀 뻘뻘 쳐야 떡이 맛있지.
찹쌀밥 멀거니 구경만 하면
어느 세월에 그게 떡이 되겠어?

너도 나도 일해야 먹을 게 나오지,
빈둥빈둥 빈손에서 뭐가 나와?
먹을거리 넉넉해야 서로 나누어 먹지,
바각바각 빈 쌀통 뭘 나누자는 거야?

복지, 복지, 아, 감지덕지하지!
무상 복지, 무상 분배, 아, 지상천국이지!
오늘은 배 터지게 먹고 내일은 죽자!

그 따위야 누가 못해?
얼간이, 망둥이, 꼴뚜기나 하는 거라고!

잘난 놈, 용빼는 년 하도 많아
망하는 것도, 아, 멋진 나라!
그거 어느 나라야?
관광하러 가자!

뜬 구름 잡는 소리

보증금 전혀 없어 사글세방에서
이렇다 할 직업도 없어
하루하루 알바가 고작이라 해도
로또 1등 대박 터질 거라 호언장담.
뜬 구름 잡는 소리!

그래서? 너는?
흙탕물 홍수 지는 대도시에서
직업도 없이 문자 그대로 이전투구.
그러나 지상낙원이 코앞이라 큰소리.
뜬 구름 잡는 소리!

어쩔 수가 없어 파산하는 개인이야
그렇다 쳐도 말이야,
나라 몽땅 거덜 내는 지도자들 개수작,
그게 뜬 구름 잡는 소리라고?
아니야! 생사람 잡는 소리야!
몽땅! 몽땅! 몽땅!

주리 틀 놈들이라고! 모조리! 모조리!

이건 민초들 아우성이야.
지금! 여기!
들려?

전쟁놀이

영원한 전쟁이란 영원히 없다.
영원한 평화도 영원히 없다.
전쟁과 평화 사이 그 혼동 속에서
인간은 자아도취의 착각을 즐길 뿐.
원자탄, 수소탄 기타 등등
지구 자체마저 재로 만들 수 있는
각종 폭탄 수천 배 위에서
오늘도 파티!
오늘도 새로 폭탄들을 제조한 뒤
또 파티!
공룡처럼 자멸해야만 끝장이 나는
전쟁놀이!
그리고 피의 파티!

장군들

누가 시작했는가?
장군들은 묻지 않는다.
정의의 전쟁인가 아닌가?
장군들이 아랑곳할 리도 없다.
몇 백만, 아니, 몇 억이 죽는가?
장군들은 아예 계산조차 모른다.

유혈이 온 땅을 뒤덮어도,
백골이 온 바다를 메워도
그것은 불가피한 과정에 불과.
목표는 단 하나, 승리뿐.
관심도 단 하나, 어떻게? 그것뿐.

그들 어깨 위의 별들은
밤하늘의 별들보다 더 찬란하다
오늘도 내일도 영원히.

다리도 다리 나름이지

책상은 넷이나 되지 다리가.
하지만 걸어 다닐 수는 없지.
한강은 책상보다 서너 배는 많지
다리가.
하지만 도저히 춤추지는 못하지.

그런데, 그놈들의 다리란!
바퀴벌레처럼 으슥한 데 숨은 줄 알았더니
오만 동네 구석구석 싸돌아다니지를 않나!
오만 가지 인상 구기는가 하면
청탁불문 구멍들을 파고들지 않나!

책상 다리는 부러진다. 뚝! 딱!
한강 다리는 무너진다. 쿵! 쾅!
그놈들의 다리는 김이 샌다.
슬그머니 피식!

허무한 낭비

화살이 핑핑 날아다닐 때 옛날에는
20년 기른 젊은이들이 무수히 쓰러지는 데
반나절, 하루도 걸리지 않았다.
기관총, 대포, 함포, 미사일이 악쓰는 때 지금은
글쎄 그게 1분이나 걸릴까?
원폭, 수폭 등등이 입을 벌린다면
1초인들 그 누가 재겠는가?
무수히, 무수히 헤아릴 길도 없는 숫자!
애도할 자도 추모할 자도 없는
황무지의 평원 거기 떠오르는 달……

독점 또는 독재하는 자에게

온 세상을 짓밟는, 홀로 움켜쥐는
황제가 될 건 뭐냐?
독점 또는 독재,
그게 그토록 지극한 쾌락이냐?

그 마력이란, 네가 눈먼 미치광이로
돌변할 수밖에 없을 만큼,
그토록 전능한 것이냐?
불가항력이란 말이냐?

보라, 두 눈을 부릅뜨고!
세 살 어린애마저 맨발로 건널 수 있는
저 개천, 그래, 하찮은 개울물마저
개미에게는 태평양보다 더
한없이 넓지 않으냐!

아무리 작은 행성이라 해도
이 지구 위에서는

네가 개미보다 더 크다는 말이냐?
더욱이나 인류가 그 끝을
알 수도 없는 이 우주 속에서!

영원히 홀로 누리겠다니!
죽을 때까지 평온하게 누리는 것도
원래 가능할 턱이 없는,
독점 또는 독재, 그 쾌락이
도대체 너는 왜 필요하단 말이냐?

제대로 누릴 줄도 모르는,
잘 사용할 줄도 알 턱이 없는 네가
어쩌자고 무턱대고 그 독약을 탐내느냐?
돌아가라, 마지막 기회 놓치기 전에,
대자연으로!
돌아가라 한 줌 흙으로!

전쟁이란 헛 쇼

살아남는다는 보장만 있다면야,
그래, 반드시 살아남기만 한다면야,
영화처럼
죽어도 얼마든지 벌떡 일어날 수 있다면,
전투보다 더 멋진 쇼도 없겠지.
한없이 흥미진진하겠지.

독가스로 백만 병사들이 쓰러져
산과 들이 한층 더 비옥해진들,
장군들이야 샴페인 마냥 즐길 수 있거든.
미사일 한 방에 수천 만이 사라진들
지하벙커에는 포도주 떨어질 리 없거든.

하지만 백만을 죽이고 영웅이 된들,
신전에서 전쟁 신으로 길이 추앙된들,
심지어 황금 관에 미라로 한 오백 년 보존된들,
전쟁, 전투, 정복, 군림 따위란 애당초
부질없는 쇼에 불과한 게 아닌가!

죽든 살아남든,
모조리 어느 놈이든
허황된 명분에 놀아나는 허수아비들!

지상최대의 불꽃놀이 따위란
얼간이, 미치광이들끼리나 벌리라 해라!
마음껏 즐기라 해라!
무고한 자들의 무수한 핏방울로 넘치는
술잔을 높이 들고!
승전가란 원래 지옥의 광시곡이 아닌가!

전직 총리의 거짓말

총리? 그게 뭐 그리 대단해?
언제, 얼마 동안, 누구 밑에서 했어?
총리도 총리 나름이지,
어중이떠중이도 되는 자리니.

총리의 거짓말이 무슨 뉴스 감!
그것도 전직 총리의 거짓말 따위가!
더 높은 데서도 거짓말이
심심치 않게 흘러나오는 판에!

거짓말이 범죄가 된다면,
판사는 판결로만 말한다. 오케이?
무죄! 야, 명판결이다!
유죄! 야당 탄압이다! 권력의 시녀,
아니, 개다!

온 천하 개새끼들이 왕왕 짖어댄다.
해질 무렵 포탄이 날아온다.

지뢰는 이미 터졌다.
밤인가?

모래 폭풍과 민심

만리장성 또 쌓는다 해서
모래바람 막을 수 있는가?

나무 심기?
뿌리 내리기도 전에
모두 말라죽는다면?

사막을 막는 것은 오로지 물.
물이란 무엇인가?

민심! 자발적 민심!
자유, 행복, 안전이 보장된 나라
거기 진정 자유로운 사람들의 민심!

그 외에 그 무엇이든
모조리 신기루다!

뚱보와 평화

뚱보가 웃는다.
수많은 별들도 덩달아 싱글벙글.

뚱보가 뚱하게 인상을 쓴다.
별들은 기 쓰고 쥐구멍을 찾아다닌다.

뚱보가 콧방귀를 뀐다.
미사일이 줄지어 날아간다.

뚱보가 설사를 한다.
산과 들이 대홍수에 쓰나미!

뚱보가 숨을 거둔다.
사방에서 곡소리.
둑이 무너지는 소리.

그렇다고 해서 반드시
우주가 평화에 흠뻑 젖을까?

역사의 경고

수백 명, 수천 명은 대수롭지 않다고 하자.
수만 명도 그저 그렇다고 치자.
그러나 수십 만 명은 대단히 많고 많은 것.
백만이란 얼마나 놀라운가! 헤아릴 수도 없이!
그런데 수백 만 명을 학살했다니!

더욱이 힘없던 나라들을 제멋대로 침략,
전쟁을 먼저 시작해 놓고 나서
수천 만 명의 목숨 빼앗고 그보다 더 많이
불구로 만들었다니! 그러고도 이제
돈 좀 벌었다고 세계의 지도자라니!

피 냄새 나는 돈 찔끔찔끔 뿌려대는 선심,
그게 어찌 우호, 평화, 공동번영의 발판인가?
책임, 속죄, 배상 따위는 연목구어라 쳐도
전쟁이 가능한, 보통 국가 따위 말장난은
그 얼마나 소름 끼치는, 예리한 칼날인가!

역사는 결코 모독하지 마라.
네 주머니 속 장난감으로 삼지도 마라.
역사란 항상 살아있는 양날의 비수!
눈먼 바보는 손만 베이는 게 아니라
심장마저 꿰뚫리고 말 테니!
영혼마저 갈가리 찢겨 허공에 사라질 테니!

테러범들의 낙원이란

조끼든 승용차든, 트럭, 선박, 비행기든
자살폭탄의 운반수단이라면
그것은 테러범들의 환상적 천국,
수백 수천 무고한 사람들에게는 생지옥.

테러범이란 원래
자기 홀로 천국을 독점하려는
가장 사악한 이기주의자.
남이야 생지옥에 떨어지든 말든!

결국 그들이 개선한다고 믿는 곳이란
입술로만 섬기던 신은 신기루가 되고
무지, 편견, 증오의 삼위일체만 판치는 지옥,
그들 스스로 창조한 지옥일 뿐.

내세에 참으로 낙원이 있다고 해도,
지상의 선악이 아무리 무의미하여
사람이면 누구나 구원된다고 해도,

지옥을 만드는 데 마지막까지 쾌감을 느낀
그들만은 결코 들어가지 못할 것이다.

그렇지 않다면,
무한한 자비든 촘촘한 그물의 정의든
전지전능마저도 태초 이래 영원히
무수한 인류를 속이는 헛소리,
참으로 잔인한 망상에 불과하지 않은가!

두 쪽 난 3·1절

3·1절을 두 쪽으로 나누면 6·1절,
그걸 또 두 쪽으로 나누면 12·1절,
그걸 또 두 쪽으로 짜개면 24·1절인가?
그런 걸 괴물이라 하는가?
아니면, 다리가 백 개도 넘는 지렁이인가?

그런 지렁이가 고개를 넘어간다.
아리랑고개를 넘어간다.
천 년은 걸리겠지. 아니, 만 년?
고개 너머에는 뭐가 있을까?
통일? 번영? 비약?
아니면……

현재의 순간이란 언제나 블랙홀.
그 누구에게나 어디서나 블랙홀.
상호존중의 로켓 없이는 솟아나올 길 없어
한없이 과거로 빨려 들어가는 것.

현재란 원래 존재하지 않는다.
미래로 솟아오를 것인가?
과거로 가라앉을 것인가?
그뿐.

두 쪽이 난 3·1절.
어느 쪽이든 쪽박이나 차는 날!

삼박자 탕! 탕! 탕!

탕! 하면, 설렁탕이지.
또 탕! 하면, 곰탕이야.
여전히 탕! 하면, 갈비탕.
그래서 삼박자로, 탕! 탕! 탕!

전국에서 하늘 높이 치솟는 향기.
국보로 지정되지 않아도
누구에게나 국보보다 더 사랑스러운,
무수한 종류의,
탕! 탕! 탕!

원자폭탄이 없다 한들
자주국방에 무슨 문제냐?
수소탄 따위 없어도,
탄도미사일 따위 장난감이 없어도
우린 늘 배 부르고 팔다리도 튼튼하지.

언제나 삼박자로, 탕! 탕! 탕!

자나 깨나, 탕! 탕! 탕!
그 소리에 혼비백산 도주 않을 적이 있다면
그거야말로 귀신, 도깨비, 허깨비가 아닌가!

그런데 이건 또 무슨 신종 무기냐?
탕! 하니, 모르쇠 탕.
또 탕! 하니, 거짓말 탕.
여전히 탕! 하니, 아니면 말고 탕,
아니, 지지리 맛도 없는 오리발 탕.

이런 걸 탕! 탕! 탕! 해서
철통같은 자주국방 정말 잘 되는 거야?
혹시, 모조리,
보신탕 감 아냐?

문명과 야만 사이에서

자칭 문명인이라며 활개 치던 자들,
하늘은 둥글다고 우겨댔지.
대지는 사각형에 평평하다고 믿었지.
그러거나 말거나 제 눈에 안경.

하지만 달리 생각하는 자들이야
도대체 무슨 죽을 죄라고
몰수, 추방, 투옥, 고문에 처형까지!

타칭 야만인들은 토끼도 여우도 아니지만
영락없이 똑같은 사냥감 신세.
하늘이 둥글든 사각형이든 관심도 없었지.
그러거나 말거나 제 눈에 안경.

하지만 달리 생각하는 사람들을
산 채로 불 태워 죽이지는 않았지.
그래봤자 아무 소용도 없는 줄
너무나 잘 알고 있었을 테니.

달리 생각하는 사람들은 오늘도
어디선가 수없이 살해당하는 세상!
문명과 야만의 경계선이란
과연 있는가? 없는가?

남남북녀 댄서의 순정

빙글빙글 돈다 미칠 때까지.
뱅글뱅글 돈다 미쳤으니까.
구경꾼이야 그 누가 알아주랴,
댄서의 순정! 댄서의 순정!

남남북녀라니?
말이야 천하에 반짝반짝, 번드르르하지.
아무리 오월동주에 동상이몽인들
얼싸 안고 빙글빙글 도는 바에야
서로 안달복달 한 몸이 어찌 아니랴!

노래하겠지 목청이 터질 때까지,
우리는 하나!
우리는 영원히 하나!

엄동설한에 숨죽인 산천초목,
그들 눈에 보일 리 어찌 있으랴?
초근목피 죽지 못해 이어가는 목숨들,

그들 입이 대변할 리 어찌 있으랴?

춤이란 추어봐야 알겠지, 그 맛!
굿판이란 벌려봐야 알겠지, 그 신바람!
하지만 스포트라이트 사라지고 나면
그들이 돌아갈 곳은 과연 어디일까?

돌아갈 곳이라니? 허허허허!
빙글빙글 죽을 때까지 돌고 도는 판에,
죽을 때까지 미쳐야만 댄서인 판에
돌아갈 곳이라니! 허허허허!

어쩌란 말이냐!

코흘리개 소꿉장난이라는 것도
애들이 천진무구라야 귀엽기나 하지.
망나니 부모 따라 욕지거리, 주먹다짐에
망언, 허언, 음해, 보복, 못하는 짓이 없다면
차라리 정글전투라 부르는 게 낫겠지.

신물이 난다!
진절머리에 죽을 지경이다!

어른들 생존경쟁이라는 것도
서로 규칙을 지켜야만 해볼 맛이 있지.
막되 먹은 코흘리개보다 못하게
반칙, 억지, 끼리끼리, 무법이 판친다면
차라리 식인종시대라 해야 제 격이겠지.

어처구니가 없다!
오장육부 다 터진다!

보수다운 보수는 씨가 말랐는가?
혁신다운 혁신은 애당초 없었던가?
그렇다고 한들
한숨이 저절로 밥을 먹여주나?
아무리 애절하게 한탄한들
무너진 게 다시 서기라도 하나?

이제는 눈물마저 말라붙었으니
아예 눈 딱 감고 안 보는 게 상책일까?
하지만 날마다 밤낮 빤히 보이는 걸
난들 어쩌란 말이냐?
정녕 어쩌란 말이냐?

인류, 우주의 고독한 나그네

크레인 따위란 상상도 못하던 고대에
백층 이백층 탑, 하늘까지 닿는 탑을
처음 설계한 사람은 누구일까?

오로지 인간의 체력에만 의지하여
과감히 공사 개시한 그 사람이야말로
당당히 신에게 정면 도전하여
하늘나라마저 제압할 야망도 품었으리라.

하지만 어설픈 계산 착오로
공든 탑이
한 순간 와르르 무너져버릴 줄이야!

지상 최고봉 에베레스트마저 내려다보며
어중이떠중이 하늘을 날아다니는 시대에는
바벨탑의 천배 만배 건축물인들
코흘리개 장난감이 어찌 아니랴?
우주정복! 원대한 꿈에 취할 수밖에!

하지만 저 멀리 어딘가 도사리고 있는
블랙홀, 아니, 천만배 더 무시무시한
이름 없는, 미지의 무한 에너지,
그 소용돌이는 도대체 어찌 피하랴?

하늘 높이 치솟는 로켓들을 보라!
죽은들 산들 무슨 상관이랴!
우주가 한낱 융통성 없는 기계일 뿐이라면
언젠가 인류의 놀이터가 되고야 말리라.

인간의 야망이란 그 얼마나 집요한가!
참으로 위대한 열망을 향하여,
참으로 경이로운 허영을 위하여
아낌없는 박수갈채도 무방하리라.

하지만 인류, 우주의 고독한 나그네가
자기 처지를 마침내 겸허히 깨달을런지,
화목한 한 가족을 이룰 수 있을런지,
자유, 평등, 평화도 만끽하게 될런지,

더없이 미묘하고 언제나 비극적인,
영원에 영원한 그 수수께끼야말로
어느 누가 알 리가 있으랴!
정녕 그 누가 풀 수가 있으랴!

빈 껍데기 고추잠자리

폭염이 물러가기 무섭게
어딘가 숨어있다 느닷없이
골목 허공마저 점령한 고추잠자리.
고추도 없이!
잠자리도 없이!

천하도 뒤덮을듯 하늘 높이 내걸린
대형 현수막, 국태민안.
국태도 없이!
민안도 없이!

이판사판 죽을 판에도
제 우물에 침 뱉기.
마각이 드러나도 줄기차게
내로남불에 눈 가리고 아옹.

나 홀로 배부르면 낙원,
나 홀로 만족하면 극락.

내일도 없이!
희망도 없이!

순식간에 제 철이 지나고 나면
빈 껍데기만 남기는 고추잠자리.
애써 기릴 것도 없이!
쓰레기도 못 되는 것이!

바른 말을 위하여

나이가 어리다 해서 반드시 미숙할까?
나이만 욕심 부려 공연히 많이 먹었지
어리석고 완고한 늙은이들이야
동서양 어디나 온 천지에 가득하네.

젊을 때는 제법 바른 소리 하다가
노망인 양, 치매인 양 행세하는
좀비, 아니, 진짜 허수아비들이야말로
그 얼마나 많고도 또 많은가?

오늘은 천상천하 유아독존인들
내일은 시궁창 새앙쥐로 전락하는 자들,
역사를 샅샅이 뒤져볼 것도 없이,
지금 눈앞에서 얼마나 수도 없이 날뛰는가?

어리든 어른이든 그 말이 옳은 것이라면
하늘이 두 쪽 난들 영영 바른 말일 뿐!
성인이든 제왕이든 거짓말 내뱉는다면

땅이 꺼진들 영영 혹세무민일 따름!

옳은 말이 단두대가 된다 해도
바른 말만 한결같이 토하는 용사들에게
무한한 존경, 사랑을 바치며…….

날아야 새지

날아야 새지.
훨훨 하늘 높이 날아다녀야,
마음대로 어디로나 날아야 새지.
조롱에 갇힌 것도 새라고 하나?

굴레는 벗어야 사람이지.
애착도 미련도 모두 벗어버려야,
어느덧 사라지는 구름 한 점처럼
자유롭게 멋지게 흘러가야 사람이지.
각종 탐욕의 노예도 사람이라 하나?

나라도 나라다워야 사랑스럽지.
정의도 원칙도 단단해야 자랑스럽지.
그래, 세상도 세상다워야 비로소
낙관적이든 비관적이든
한 번쯤은 살아 볼만도 할 테지.

우주도 우주다워야 구경할 만 하지.

쓰레기나 둥둥 떠다니는 허공이라면
전지전능한 그분인들 속이 편할까?
사람이 왜 굳이 헤집고 다녀야 하나?

칼에 관한 명상

칼이 있어야 칼잡이도 폼을 재고
칼잡이가 있어야 칼도 춤을 춘다.
칼이 먼저인가?
칼잡이가 먼저인가?

유사이래 무수한 칼이 부러졌다.
아울러 무수한 사람이 쓰러졌다.
모든 비극은 오로지 칼의 탓인가?
신의 영광! 조국의 명예를 위하여!
평화의 이름으로! 그런 헛 구호 탓인가?

오늘도 무수한 칼이 부러지고 있다.
아울러 무수한 사람이 쓰러진다.
평화란 원래 특권층의 장난감인가?
칼이란 영영 그들만의 앞잡이인가?

나란히 늘어선 촛불들

나란히 늘어선 촛불들은
푸른 초원의 바늘 소나무,
무섭게 하늘로 치솟는
무수한 백성의 원망과 탄식,
그 불기둥.

특권계급 정치꾼들이 망쳐놓은
지상의 수많은 나라들.
거리마다 늘어선 증오의 가로수들,
진보적 퇴보, 보수적 타락의 가로수들.

나란히 늘어선 촛불들은
희망의 풍선 터뜨리는 바늘.
촛불은 반드시 하나씩, 무더기로 꺼지고
남는 것은 텅 빈 공간뿐.
모든 기록은 거짓말.
꽹과리 소리든 귀든 하나도 남지 못한다.

멍멍? 멍멍!

핵무기에는 핵킹이 최고야.
핵킹은 핵의 왕이거든.
동서양 어느 놈이든 핵무기 공갈치면,
핵킹 단추 탁 눌러 핵폭탄이
바로 그놈 사타구니 밑에서
팡 터지게만 한다면
만사 간단히 해결되지 않겠어?

그러니까 어딜 가도 욕만 처먹는
장난감 핵무기 만든답시고
수십 년 수천만 생고생할 거 없이,
수천억 수만억 달러 퍼부을 것도 없이
핵킹만 열심히 연마하면 천하태평!

머리 좋은 애들에게 핵킹이란
이미 날 때부터 애들 장난이지.
그놈들은 핵킹의 황제들이라고!

바보 천치들이 핵! 핵! 핵! 하면
영악한 애들은 핵킹! 핵킹! 핵킹!
얼간이들이 미사일! 미사일! 하면
천재 악동들은 핵킹! 핵킹! 핵킹!

힘 하나 안 드는 애들 장난이야.
돈도 전혀 안 드는 게임이라고!
멍멍? 멍멍!
멍멍? 멍멍멍!

누구를 위한 것인가?

어느 나라나 국어사전은 있지.
그렇다고 누구나 달변인가?
입만 열면 모조리 웅변인가?
설령 천재 만재 청산유수인들
그 말이 모조리 옳은 것인가?

어느 나라나 백과사전도 있지.
그렇다고 누구나 만물박사인가?
설령 박사인들 한때 자격증 땄을 뿐,
어느덧 몸도 병들고, 마음도 정신도,
아니, 양심마저도 마비되는 판에
학위든 논문이든 무슨 소용인가?

제 아무리 천하를 주름잡는 백과사전인들
세월이 흘러가면 낡아빠지게 마련,
결국에는 헌책방에서도 안 팔려
폐지로 처분되고 마는 신세 아닌가?

어느 나라나 수천 쪽이나 법전은 있지.
그렇다고 어디서나 법치국가인가?
사람 사는 곳마다 나름대로 종교도 있지.
그렇다고 누구나 천사가 되나?

아, 신은 멀고 황금은 가까운 이 세상!
자유, 민주, 평등, 정의, 청렴, 개혁 따위
달콤하고 황홀한 이 신기루들이란
도대체 어느 도깨비 나라에서 솟아난
누구의, 누구에 의한, 누구를 위한 것인가?

이게 나라냐고 물으신다면

이게 나라냐? 사기도박 판이냐?
그는 고종 말기 때 질문인 줄 알고
얼떨결에 정신없이 중얼거린다.
암, 이런 것도 나라는 나라지.
국왕 폐하 만세! 만수무강!

이게 나라냐? 정신병원이냐?
그는 일제 말기 때 질문인가 해서
이를 악물고도 들릴듯 말듯 대꾸한다.
대한독립 만세! 할렐루야, 아멘!

이게 나라냐? 생지옥이냐?
하루 벌어 고작 입에 풀칠 주제라
비몽사몽 외마디 비명만 내지른다.

지옥이 따로 있냐?
배고픈 데가 바로 지옥이지!
억울해도 입 닥치는 데가 생지옥이지!

배도 부르고 힘도 센 것들이야
끼리끼리 돌아가며 돈방석에 앉아
지옥이 뭔지 알 턱이 어디 있냐?

이게 나라냐고 물으신다면
세상에는 이백여개 나라가 있는데
빽만 든든하면 어디나 좋은 나라,
가짜 증서 위조할 연줄마저 없다면
어딜 가나 자손만대 생지옥이라 아뢰오!

그저 그런 세상

옛날 옛날 한 옛날에 사람들은
자기가 사람인 줄도 모른 채
동굴에서 살았다고 하지.
거기가 비교적 안전하니까.

원숭이들도 사람들이
사람인 줄이야 알 턱도 없어
동굴에서 아무렇게나 동거했겠지.

맹수들이 깊은 산속으로 숨어든 뒤
사람들이 하나 둘 들판으로 내려가니
마을이라는 것이 생겨났다고 하지.
신대륙 발견보다 무한히 획기적인
문명의 탄생이라는 것이……

그러자 마을마다 우두머리가 나타나
미친듯이 주먹을 마구 휘두르며
자기는 사람의 아들이 아니라

하늘의 아들이라 우기기 시작했다지.

하늘에서 내려온 아들이란, 사실은,
산에서 아래로 내려온 원숭이 족속,
들판이 아닌 다른 곳 즉 외지에서
굴러 들어온 뜨내기라는 말,
천자란 고작 그런 말이었을 테지.

어쨌든 그저 그런 세상이 왔다지.
사람들은 자기가 사람인 줄 깨닫고
마을 우두머리를 왕이라 불렀다지.
이윽고 무수한 조무래기 왕들이
서로 죽이고 땅뺏기 노름판을 벌이고,
그래서 수천 년 세월이 흘러갔다지.

그저 그런 세상을 멋대로 주무르는
보이지 않는 손을 사람들은 무심코
질서, 법률, 계명, 구원 등이라 믿었지만
아래위도 안팎도 수없이 뒤집혔다지.

지금도 각계각층 구석구석
날마다 뒤집히고 있는데도 외면한 채,
자칭 타칭 똑똑한 사람들은

새로운 세상이 왔다고, 아니,
반드시 온다고 큰소리만 치지.

하지만 사는 곳이 동굴이든 들판이든,
우주의 그 어느 다른 별이든
원숭이는 변함없이 원숭이일 뿐.
그저 그런 세상은 여전하게 굴러갈 뿐.

네가 무엇인가 옳다고 주장하는 것은
그저 그런 세상이 돌아가기 때문이지.
누군가를 모질게 규탄하는 것도
그런 세상이 너에게는 좋기 때문이지.

하지만 함박눈 눈송이들조차
가없이 맑은 하늘 온통 가린 채
오늘도 어지럽게 나부끼는 것도
그저 그런 세상이란 어차피
제 멋에 굴러갈 뿐이기 때문일까?

선물상자

몇 다리인가 건너가야 할 선물상자.
빙글빙글 돌아 다녀야 할 운명.
도대체 불필요한 손 몇이나 거친 뒤에야
드디어 필요한 사람이 소비해 버릴 것인가?

빈 상자들을 바라본다.
알맹이는 쏙 빠진 각양각색의 상자.
나름대로 완전하고 튼튼하고 아름답다.
그러나 상자마다 과연 선물만 들어 있었을까?

한 때는 값진 선물 보호하던 성벽.
이제는 폐품 수집가에게나 반가운 손님.
거침없이 쓰레기로 내버려지는 상자.
지금도 거기 가득 찬 것은 정말 무엇일까?

상자 하나가 완성되는 날을 위해
무수한 전쟁, 탄압, 발전이 반복되었을 것이다.
상자 하나가 완전히 분해되는 날을 위해서는
무수한 눈물, 탄식, 야망이 밤과 낮을 채울 것이다.

견
력
이
란
!

곁눈질

한 평생 내내 곁눈질만 해오다니!
아양 떨고 교태 넘치는 몸매마다 곁눈질,
돈 냄새 폴폴 나는 곳마다 곁눈질,
이름 석 자 크게 써주는 기회마다 곁눈질,
국물이 콸콸 쏟아지는 자리마다 곁눈질,
술타령에 세월아 네월아 곁눈질,
그러다가 이제 황혼이 다 저물다니!
아니, 그래, 곁눈질로 무얼 하나라도 얻었는가?

천하의 꽃은 모두 시들어 땅에 떨어지고
돈은 돌고 돌아 아무 손에도 남지 않는 법.
이름 석 자 망각되는 데 며칠이나 걸리겠는가?
자리란 돌려가며 새 사람이 차지하는 쓰레기통,
술이란 무수한 고래마저 익사시키는 바다 아닌가?

황혼도 때가 되면 밤에 침몰하게 마련.
시종일관 끝까지 곁눈질을 할 바에야 차라리
무한한 것, 영원한 것,

그 무엇으로도 잡을 수 없는 것,
그런 것을 곁눈질하면 어떨까?
비록 실패한다 해도
후회 따위란 결코 없을 것이다!

곁방석

주인이 잠시 보이지 않는다고 해서
논밭의 모든 곡식이 어찌 네 것이라 하느냐?
과수원 과일이 어찌 네 입에만 들어가느냐?
들판의 모든 짐승,
하늘과 바다의 모든 생물,
땅 속의 모든 광물,
우주의 모든 전파와 에너지,
심지어 하늘의 모든 별마저 어찌
너 혼자만의 장난감이란 말이냐?

네가 비록 장관인들, 장군인들, 세계적 갑부인들,
심지어 황제인들, 왕인들, 대통령인들,
그 누구인들 주인 곁에 놓인 곁방석,
그나마도 개미만도 못한, 바이러스만도 못한
한낱 곁방석에 불과하지 않느냐?

공기 분자 하나인들, 수증기 한 방울인들,
쌀 한 톨인들……

네가 그 무엇을 창조한 것이 있느냐?
주인이 잠시 네 눈에 보이지 않는다고 해서
그분이 영영 우리 곁을 떠나기라도 했느냐?
어제도 오늘도 내일도 영원히 곁방석인 주제에
천하 모든 것을 어찌 네 뱃속에 처넣으려 하느냐?

네가 토한 거짓말, 위증, 비방, 모함, 욕설, 저주로
더럽혀진 네 곁방석이 보이지도 않느냐?
네 손이 저지른 온갖 범죄, 잔인한 짓으로 찢어진
네 초라한 곁방석이 보이지도 않느냐?
네가 배설한 모든 오물……
허위, 오만, 독선, 증오, 단죄 등으로
찌들고 오그라진 네 곁방석은 어디 숨길 것이냐?

천만 년을 불에 태워도 정화되지 못할 곁방석들이
오늘도 변함없이
범죄올림픽에서 금메달을 다투다니!
곁방석의 곁방석들이 미친 듯이 박수 치다니!

소경과 귀머거리

소경을 바라보는 사람들은 안다
그가 소경이라는 사실을.
그러나 자신이 진짜 소경인 줄은 결코 모른다,
마음의 눈이 먼 소경들이니까.

소경은 자기 곁을 지나가는 사람들이
두 눈 멀쩡히 뜨고 있음을 안다.
그러나 그들이 마음의 소경인 줄은 결코 모른다,
자기 자신의 마음도 눈을 잃었을 때에는.

귀머거리를 바라보기만 하는 사람은 모른다,
그가 귀머거리라는 사실을.
자기 마음의 귀가 멀었다는 사실마저도.
귀머거리는 남이 귀머거리인 줄은 잘 알지만
자기 마음의 귀가 먹은 것은 깨닫지 못한다.

귀머거리는 이렇게 말한다:
나는 귀머거리다. 그래서 들을 귀가 없다.

너희 귀는 들린다. 그래서 들을 귀가 있느냐?
너희는 도대체 뭐냐?

소경이 말한다: 너희는 볼 눈이 있느냐?
벙어리가 말한다: 너희는 말할 입이 있느냐?
죽은 자가 말한다: 너희는 정말 살아 있느냐?

노탐필망(老貪必亡)

야심가는 전 세계의 제왕이 되고 싶겠지. 지금도!
그러나 자기 혀조차 다스리지 못한다. 지금도!
날마다 거짓말이나 해 댄다. 아직도 여전히!
폭동이나 선동하고 있다. 제 버릇 개 못 주고!
80이 넘은 그 나이 주제에. 나이 값이나 하지!

그는 세상에서 가장 유명한 상을 받았다.
그러나 상의 명칭은 영원히 그를 조롱할 것이다,
그의 입에 발린 평화는 거짓말이기 때문에.
평화? 핵무기 열심히 만드는 자들과 손잡고
평화를 외친다고 해서 평화가 오는가?
그런 얼빠진 평화의 여신이 어디 있는가?

그가 불행을 느낀다고 한다면…… 불행이 뭔지
입에 흙이 들어갈 때까지 깨닫지도 못하겠지만……
온 세상이 아직도
그에게 제왕의 왕관을 바치지 않았기 때문.

오히려 그와 동시대를 살다 한 발 먼저 간 의사,
가난한 자들의 성자,
행려환자들을 무료로 치료해주던 의사는 행복하다.
온 세상이 성자라는 칭호를 준다고 해도,
나는 의사일 뿐입니다!
그는 사양하고 거절했기 때문이다.

그가 한 줌 흙으로 돌아가는 날
구더기들이 외칠 것이다 어둠 속에서:
Welcome! 여기에도 제왕은 없다!
있다면, 오직 구더기 밥이 있을 뿐!
너는 자신을 제왕이라고 여겼지만
결국 착각의 제왕에 불과했다.
그런데 아직도! 여기서도! 정신 못 차렸으니
맛도 없는 구더기 밥일 뿐.
Welcome to Hell!

곤쟁이의 모험

곤쟁이란 놈이
고래수염을 톡톡 건드린다,
지쳐서, 졸려서 죽을 지경인
늙은 고래의 수염을.

곤쟁이란 놈이
촉각을 꼿꼿 세워
고래 아랫배를 콕콕 쑤신다,
허기져서, 물이 더러워져서 숨이 막히는
아둔한 고래의 연한 배때기를.

곤쟁이란 놈은 자기 입이
바다보다 넓은 줄 착각한 나머지
물을 푹푹 뿜어댄다,
말해봐야 소용없어 입 꾹 다문,
골치 아픈 늙은 고래의 입에다 대고.

하도 기가 막혀 드디어 고래가

입을 아! 벌려 하품한다.
곤쟁이라니!
아! 수백 억 마리가 빨려 들어간들
고래에게 한 입 거리나 되겠는가?

고래가 가는 곳마다
곤쟁이는 씨가 말라 버려
잉어 낚기 위해 내어줄 곤쟁이조차 없다.
곤쟁이의 모험이라니!
원래 뭐든지 곤죽이나 만드는 짓 아닌가?

울며 겨자 먹기

보기 싫은 정도라면 양반이지.
구역질나는 얼굴들이야.
듣기 싫은 정도라면 참아나 주지.
귀를 막아도 이건 온통
울화통 치미는 이름들이라고!

날이면 날마다 그런 얼굴 쳐다보는 건
울며 겨자 먹기 바로 그거야.
해가 가고 또 가도
그런 이름들 들락날락 하니
울며 겨자 먹고 토하기 아니냐고!

그러나 너무 미워하지는 마라.
그들인들 왜 없겠어?
울며 겨자 먹을 때 말이야.
각자 막차 타고 떠나갈 때
그들이야말로 반드시
울며 겨자 처먹지 않겠느냐고!

초록은 동색이다

왕도 아닌 것이, 대통령도 아닌 것이,
아니, 이제는 더 이상 사람도 아닌 것이
경복궁 뜰에 누워 있다.
조선왕조의 수도에 자리 잡은 왕궁
고작 그런 데 쓰기 위해
가난한 백성의 피를 짜서 지었던가?
지난 정권들도 지금 정권도 한결같이
정치 모리배들의 집단일 뿐인가?
초록은 동색이란 말인가!

꼽싸리꾼

공짜 좋아하네.
그러니까 꼽싸리꾼이지.
뇌물도 좋아하시네.
그러니까 진짜 꼽싸리꾼이시지.
그런데 뇌물이 과연 공짜일까?
하하하! 순진하시긴!

공짜 처먹고 물 먹으면 물이 꿀 되나?
뇌물 처먹고 엿 먹으면 엿이 돈 되나?
물 먹인 소의 등심 구워먹으면
등에 금송아지라도 지고 가게 되나?

물 먹인 소의 안심 고아먹으면,
아무리 많은 뇌물 하마처럼 처먹어도,
형사, 검사, 판사, 개미떼같이 달라붙어도
끄떡없이, 눈 하나 깜짝 할 필요도 없이,
안심이다!
정말 그럴까?

남이 싸놓은 흑싸리 석 장, 홍싸리 석 장,
싸리 껍데기 딱 두 장 들고 있다가 팔싸리!
못 먹어도 고!
그래? 아이고!
아니, 아이 고 (I go)!

온 세상을 공짜로 노리던 그 눈동자,
뇌물이라면 자다가도 벌떡 일어서는 그 물건
세상에 공짜란 하나도 없다는 말의 서슬에
게게 풀리고 맥없이 주저앉는 날,
꼽싸리꾼이 기어들어갈 쥐구멍은 어딜까?
공원묘지? 아니면, 개똥벌레 바위?

꿀단지

꿀단지에 어김없이 달라붙는 개미떼.
한 마리가 빠져죽는다. 그걸 보고나서도
또 한 마리가 빠져죽는다.
그걸 보고나서도 여전히 계속해서
또 한 마리가 빠져죽는다.

등산가는 산에서 죽으면 행복하다고 한다.
개미는 꿀단지에서 죽으면 행복한가?
아니, 파리도 빠져죽는 꿀단지가 아닌가!
아니, 멀쩡한 사람들도 빠져죽는 꿀단지!

세상에! 그런 단지도 다 있는가?
그렇다! 아파트 단지는 약과일 뿐,
진짜는 바로 권력 단지, 감투 단지, 돈 단지!

넥타이 매고 최고급 구두에 양복 차림,
신사, 아저씨, 양반, 상놈, 박사, 사장,
한 명이 거기 빠져죽는다.

그걸 빤히 보고나서도
또 한 명이 빠져죽는다.
그런 줄 불 보듯 훤히 알면서도
또 한 명이 풍덩 빠져죽는다.

아, 그들은 과연 행복한가?
그 뒤를 따르는 숙녀, 미녀, 아줌마, 할머니!

개미나 파리는 차라리 행복할 것이다.
물에 빠지나 꿀에 빠지나
개미 목숨, 파리 목숨에 무슨 차이가 있는가?
그러나 사람 목숨이야 어찌 그런가?
꿀단지에 빠져죽다니!

도대체 너는 누구냐?

네거리가 동서남북 꽉 막힌
교통지옥에서 구원을 외치는 사내, 너!
사방에서 누구나 휴대전화에 대고 악을 쓰는
소음 지옥에서 명상이 구원이라 외치는 여자, 너!

인신매매, 살인방화, 극악한 범인들에게도
인권은 있다! 목숨은 무조건 모두 신성하다!
미성년자 강간, 부녀자 연쇄살해 범인들에게도
인권보호! 초상권도 있다!
그렇게 외치는 백면서생 남녀, 너, 너!

뇌물 지옥에서 청빈과 정직을 가르치는 선생, 너!
아첨 지옥, 모략 지옥, 배신 지옥, 정치 지옥에서
권모술수, 생존경쟁 줄타기 묘기 모범인 너! 너!
모든 사람을 무조건 사랑하라 설교하는 너!

도대체 너는 누구냐?
천당에 가 본 적도, 갈 리도 없는 너,

너는 도대체 누구냐?
사랑도 정의도 자비도 알 턱이 없는 너,
너는 도대체 왜 이승에 태어났느냐?

하이힐의 높이

하이힐 그 높이는 무슨 뜻일까?
열등감, 허영 그 깊이
또는 높이일까?

그 뾰족 코는 무엇을 터뜨리려 노리고 있을까?
고무풍선보다 더 쉽게 터지는 배,
얼빠진 사내의 올챙이 배일까?
쇳가루로 가득 차 변비에 걸린 배,
방귀조차 내뿜지 못해 속으로 썩어가는 배,
그 잘난 헛배가 아닐까?

대통령의 그 높은 코는 무슨 냄새를 맡고 있을까?
전직 총리 야들야들한 손은 무엇을 더듬고 있을까?
재벌들 혓바닥은 무엇을 노리며 날름거릴까?

머리 좋은 월급쟁이들 혓바닥은 어찌하여
오뉴월 개 혓바닥처럼 늘어져 있을까?
종소리도 없이 여전히 침을 질질 흘리는 혀

거기 무슨 진실, 바른말이 고일까?

네거리마다 내걸린 현수막의 얼굴들은
흙탕물 튀기는 하이힐보다 얼마나 더 나을까?
그들이 흘린 헤픈 웃음, 헤픈 개 침은
시궁창에 버려진 걸레보다 조금이나마 더 깨끗할까?

결국은, 언젠가는
대통령 이하 수많은 고위층마저 유명 인사들마저
날마다 일회용 하이힐 신고 으스대지나 않을까?

목걸이

순금 목걸이가 천 근 만 근,
벼이삭인 양 언제나 앞으로 숙여진 머리.
그러나 만백성 앞에 날마다 오만한 자,
일인지하 만인지상,
그는 정승이다.

그의 집 사냥개 목에도 순금 목걸이.
개는 주인을 볼 때마다 꼬리를 친다.
개가 주인을 닮았는가?
아니면, 주인이 개를 닮았는가?

수백 개 다이아몬드 박힌 눈부신 목걸이
그것에 눈먼 여자는 무엇을 파는가?
제 무덤 파는 줄이야 어찌 또 알겠는가?
목뼈마저 부러질 줄이야 눈치나마 채겠는가?

앞엣것 뒤엣것, 위엣것도 아랫것도 모두 내준 뒤
여자에게 남는 것이라고는 싸늘한 목걸이뿐.

그녀의 애완견 목에도 진주 목걸이.
개가 주인을 닮는가?
아니면, 주인이 개를 닮는가?

한 통속

저축은행과 감독원은 한 통속이란다.
나는 그들이 가면을 쓰고 있다고 보았다.
그것도 잠시 동안만 쓴다고.

눈이 멀었지!
그래, 모두 눈이 멀었지!

그러나 가면이라니!
그거야말로 원래 그들 얼굴 아닌가!
벗겨질 수도,
지워질 수도 없는 생 얼굴이다.

반찬가게에서 번식하는 고양이들이나
그 고양이들을 감시하는 개들이
모두 한 통속.
뒷구멍으로 황금 호박씨나 까는 것들.
그래, 사기꾼, 도둑, 강도들의 집단이란다.

그렇다면 좋다!
그들을 여태껏 비호해온 권력층은 무엇인가?
여태껏 입 다물고 있던 정의의 칼은 무엇인가?
결국은 그 놈이 그 놈,
모두 한 통속은 아닐까?

지상최대의 서커스

사람이 있는 곳이면 어디서나,
세월이 흐르는 한 끊임없이 언제나
날이면 날마다 벌어지는 무수한 일들, 사건들.
거창하든 하찮든, 역사적이든 망각되는 것이든,
알려지는 것이든 은밀히 숨겨지는 것이든,
예외 없이, 모조리 서커스!
과거 현재 미래 가릴 필요조차 없이!

지상에 태어나는 자는 누구나 곡예사.
영웅, 정복자, 개선하는 군대든,
전장에서 흙으로 돌아가는 백골이든,
자유인이든 노예든,
예외 없이, 남녀노소 모조리 곡예사!
과거 현재 미래 가릴 이유가 어디 있는가?

수천 억 달라 사업이든 푼돈 같은 원룸 계약이든,
대부호 통장의 천문학적 숫자의 출입이든,
가난한 월급쟁이 호주머니에 들락거리는 손길이든,

예외 없이, 모조리 서커스!
과거 현재 미래 따질 겨를조차 없지 않은가?

지상에서 가장 높은 산들도 가장 긴 강들도,
마을마다 굽이치는 언덕, 실개천들도,
수백 층 빌딩이든 빈민촌 판잣집이든,
위대한 예술작품이든 어린애 낙서든,
명성, 인기, 지위, 훈장, 작위 따위든,
예외 없이, 모조리 서커스의 배경!
비명인들 잡음인들 어찌 배경이 아닌가?

오늘 공연되는 서커스는 관중이 없다.
우린 언제나 어제의 서커스의 관중일 뿐.
오늘의 서커스의 관중은
내일 숨 쉬며 눈을 뜨고 있는 자들뿐이다.

지상최대의 서커스란 온 인류의 역사, 그 전체.
그러면 인류가 모두 지상에서 사라진 뒤
(그날이 과연 온다면!)
서두를 필요도 없이 여유만만하게 감상할
관중은 누구일까?
아니, 그러한 관중이 과연 있을까?
있다면, 박수갈채를 정녕 보낼 것인가?

진돗개 유감

진돗개는 오로지 주인에게만 충성!
한 번 물면 절대로 놓지 않는다!
자기에게 다가오는 것은 모두 적!
강아지든 어린애든
모조리 물어 죽여도 좋다!

덩치 큰 진돗개 끌고 골목길 누비는 사내
그 자도 역시 개를 닮아 주인에게만 충성!
무슨 짓이든 지시받으면 무조건 해치우고
무덤까지 비밀 엄수!
(얼씨구, 장하다!)

더러운 곳이든 거룩한 곳이든 어디에나
사회에는 각계각층 총망라해서
진돗개도
진돗개 끌고 다니는 사내도 득시글댄다.
시체 있는 곳에 독수리 떼 몰려들 듯
뜯어먹을 것 있는 곳에

두목들이 파리 떼.

진돗개에게 물려죽는 것은
어린애, 강아지뿐인가?
수천 억, 아니, 수백 조 돈이 새고 증발할 때
비명조차 지르지 못한 채 질식사하는 것은
과연 누구인가?
그것도 어디 만 명 십만 명인가?

도둑을 잡아야 할 자가 도둑과 한 패,
그들을 감시해야 할 자가 바로 강도,
일망타진해도 시원찮을 자가
뇌물의 명수라면,
선거에 당선된 자들은 도대체 무엇인가?
투표용지는 면죄부의 백지 위임장인가?

파리 목숨

파리 목숨, 파리 목숨 하지만
얼마나 질긴지 알기나 해?
인류가 모두 사라져도 지상에
여전히 새카맣게 번식할 파리.
그것은 욕망,
마지막 남은 희망을 포장하는
판도라의 상자 그 자체다.

권력 게임

큰 사고 터져야만 정신 차린다.
수십 명이 죽어야만 겨우 정신 번쩍.
그것도 잠시만!
곧 잊어버린다.
원래, 또는 일부러.
여기저기 조금 손대는 척.
그러고는 다시 구태의연.
참으로 의연한 자세다!
근본적 개혁의 기회? 놓친다?
아니, 슬그머니 놓아 버린다.
어리석은 것들? 누가?
미친 것들? 과연 누가?
계산된 권력 게임, 그리고 머니 게임.

자백하라!

자백하라.
싫어도 미워도 원통해도 자백하라.
없는 죄라도 네 죄라 믿고 자백하라.
허위 여부는 네가 결정하는 게 아니라
네가 거짓말하는지 판단하는 자들의 몫이다.

지상에 태어난 자들 가운데
무죄한 자가 하나라도 있단 말이냐?
출생 자체가 죄라고 자백하라.
남의 죄도 네 죄라고 자백하라.

어차피 그들은 누군가 처형할 작정,
희생양이 반드시 필요하기 때문이 아니냐?
어느 누가 희생양이 되든 네게 무슨 상관이냐?
너 자신이 희생양이 되든 무슨 차이가 있느냐?

질문하는 우리를 원망하지 마라.
우리는 익명의 도구, 악마의 입일 따름.

자백하라. 그리고 서명하라.
그러고도 정 억울하고 또 원통하다면
저승의 지옥보다 더 지옥스러운 지상 지옥이
대낮에 대도시에 버젓이 버틸 수 있는
그 가능성, 아니, 현실을 저주하라.

저주하라.
그런 지옥을 건설, 운영, 확대하는 야만적 폭력,
정의, 복지, 번영의 탈을 쓰고 활개 치는 악마들,
무엇보다도 그들에게 박수갈채하는 무수한 노예들,
그들을 저주하라. 마음껏 저주하라.

오늘 너에게 강요되는 자백
바로 그것이야말로 그들의 파멸을
하루라도 앞당기는 핵폭탄이 아니겠느냐!

거짓말쟁이에게

힘들지? 힘들 거야.
10년, 20년 줄기차게 거짓말만 해대기도
정말 죽을 맛일 거야.

거짓말은 거짓말을 낳는 법.
새로 거짓말을 날마다 지어내는 건
천재나 할 수가 있지.

그래, 넌 천재야.
천재란 원래 힘든 직업이지.
최고의 자리, 최강의 권력 차지하려면
너처럼 반드시 거짓말 천재가 되어야지.

살아서도 평생 거짓말.
죽을 때도 역시 거짓말.
사후에도 국립묘지에 동상들,
자서전, 연설문집, 추모의 글 따위
거짓말 행진곡이 영영 이어지는 거 아냐?

넌 역시 천재야.
추종자들이야 오합지졸이라 해도.

지하에서 구더기 밥 되니 기분이 어때?
염라대왕은 만나봤어?
오라질 놈! 육실할 놈!
그런 칭찬 아직 못 들었어?
너에게 안성맞춤은 그거뿐이야.

지옥의 악마들은 모두 눈이 삐었나?
너 같은 천재도 몰라보다니 말이야.
너를 보면 악마들도 무척 힘들 거야.
하도 하품이 자꾸만 나오니 얼마나 힘들겠어?

살아서는 괘씸한 놈,
죽어서도 한심한 놈.
아니야? 정말?

골목길 썩은 냄새

이 골목에서는 썩은 냄새가 진동한다.
하수도에서 쥐새끼들이 썩는가?
아니, 청렴결백하다고 소문 자자한
아무 개 아무 개가 사는 모양이다.

이 골목에서도 썩는 냄새 코를 찌른다.
황금으로 도배한 거실에서 산송장이 썩는가?
평생 바른말 한 마디 못하고
입에 꿀 바른 채 아첨만 일삼던 아무 개.

저 골목에서는 각종 라면 냄새가 어지럽다.
연립주택 연합군이 라면을 총공격한다.
라면이나마 마음대로 먹을 수 있다면
행복한 하루, 아니, 지상천국.
산송장들마저 고마울 눈물 젖은 공화국.

저 골목에서는 빨간 십자가들이 휘황찬란.
어린양들 흰 털가죽이 붉게 물든다.

같은 건물 아래층에는 술집 네온사인들 번쩍번쩍.
목마른 야수들이 자기 피를 마신다.

세월이란 허송하기 위해 흘려버리는 것.
노랫소리 드높을수록 성벽은
더 빨리 안에서 무너지고 만다.

잘난 사람들에게

한 때 하늘 높은 줄 모르고
고개 빳빳이 들고 다녀도 좋았지.
땅이 드넓은 줄도 모른 채
마음껏 활개 치며 으스대도 괜찮았지.
아무도 감히 시비 걸지 못하던 한 때
그 때야말로 참으로 천당 간 기분이었지.

남들보다 기회가 좀 더 많을 때 잡았고
어수룩한 무리 속에 약간 더 똑똑했지.
바람이 어디서 불어오는지 먼저 냄새 맡았고
어디로 불어 가는지 미리 눈치 챘지.
그래서 전쟁도 혁명도 파도타기 잘 했고
가난도 굶주림도 남보다 일찍 면한 채
좋은 짝 만나고 한 재산도 잡았지.

도토리 키 재기라고도 하지만
그래도 웬만한 구석까지 이름도 알렸지.
우물 안 개구리라고도 하지만

왕 개구리는 못 되어도 중치 개구리로는 컸지.
그래, 여태껏 건강하게 다복하게 지냈지.

그런데 말이야.
땅거미 짙어가는 서산마루 바라보며
지금 진정으로 만족하고 있는 거야?
너 자신만을 위해서가 아니라
주위 사람, 특히 그늘에서 사는 사람들 위해
과연 네가 해 준 게 뭐가 있는지 보라고.

이제는 고개 숙일 때가 되지 않았어?
기도하라는 게 아냐.
정신 차려 땅바닥 자세히 들여다보라는 거야.
네 고향이 어디인지,
반드시 돌아가야 할 그 곳
이제는 깨달아야 마땅할 나이 아니겠어?

한 때 나는 어쩌고저쩌고 하는 따위 이야기란
다 잊어버리는 게 좋지 않겠어?
더 이상 남들 앞에서 하지도 마.

칼로 물 베기

칼로 물 베기라는 거
뭔지 알지?
그러나 물도 꽁꽁 얼어붙으면,
맹꽁이처럼 꽁꽁 매달리기만 하면,
강아지처럼 끙끙 보채기만 하면,
그래, 물도 얼면 갈라진다.
아니, 부서진다 칼로 내려치면.

살얼음 밟기라는 거
뭔지 알지?
평소에, 아니, 평생 동안
살얼음만 밟고 걸어간다면
정말, 정말 죽을 맛 아니겠어?

하지만 깊고 또 넓은 물은
아무리 얼어도 갈라지지 않아.
부서질 리도 없어.
아무리 세게 칼로 내려쳐도,
큰 바위로 쿵쿵 찍어대도.

불 꺼진 등잔

기름 없는 등잔
불꽃이 어찌 피겠는가?

서로 신뢰하지 못한다면,
아무도 신의를 지키지 않는다면,
일을 이루기는커녕
각자 삶 자체가 무의미할 뿐.

성공을 제 아무리 자랑한들
과연 그것이 성공이겠는가?
명성을 제 아무리 떨친다 한들
과연 무엇을 위한 명성이겠는가?

하찮은 이익에 눈멀어
싸늘하게 등 돌리는 사람들.
그 개미 떼를 보라!

불 꺼진 등잔 밑
싸늘하게 고이는 암흑.

똥개 목의 황금 목걸이

똥개가 목에 건 황금 목걸이
날마다 꼬리 살랑살랑 흔들어 대고
주인에게 얻은 선물.

제 목만 조이는 굴레
멋도 모르고 좋아하는 똥개.

돈으로 매수한 회전의자들.
치고받아 어깨에 단 깡통 별들.
법을 비틀고 정의도 깔아뭉개어
스스로 똥칠한 휴지 명함들.

똥개 목의 황금 목걸이보다 못한 것
창녀의 다이아몬드 목걸이.

저명인사라고 활개 치는 자들.
잘난 지도자로 자처하는 자들.
세월의 맷돌을 목에 매달고
내세의 바다에 투신자살하는 자들.

버려진 다리접이 밥상

누군가 밤새 몰래 길에 내다 버린
다리접이 밥상.
먼지 뽀얀 채 쓰레기로 버려진 밥상.
손님만 아무도 찾아오지 않았을까?
아예 초대하지도 않았을 테지.
부부는 거기 마주 앉은 적 있을까?
아이조차 하나도 없었을 테지.
있어도 둘러앉지 않았을 테지.
수많은 각종 식당, 정체불명 요리에
제 자리를 빼앗긴 밥상.
그리고 쓰레기로 길에 버려진 밥상.
누구의 초상화일까?
오늘 무슨 말을 하고 싶을까?
무슨 말인들 할 말이나마 있을까?

아, 자비로운 판사들!

냄새가 난다, 냄새가 나.
어디선가 높은 곳에서 나는 냄새,
구수하고 달콤한 냄새가 나.

팥떡인지 꿀 빵인지 어떻게 알아 개가?
그것도 강아지가?
코를 킁킁거리며 안절부절 못한들,
팔짝팔짝 뛰며 위를 쳐다본들
제까짓 게 뭘 알아 개 주제에?

몰라도 꿀꺽 삼키는 놈이 있어.
알고도 모른 척 주머니에 처넣든가
억지로 남의 등 쳐서 강탈하는 놈도 있어.

돌이라면 보석일 테고
쇠라면 금 덩어리가 아니겠어?
종이 백에 들었다면 현금 다발일 테지.
얼굴에 털도 안 난 원숭이들이란

뻔뻔하기로는 그 짝이 세상에도 없다고!

냄새가 난다, 냄새가 나.
어디선가 아주 높은 데서 나는 냄새,
똥 냄새, 산송장 썩는 냄새가 물씬물씬 나.
남녀노소 생사불문 모조리 썩어 문드러져
천지 사방 흐느적거리는 원숭이 무리.

그런데도 증거가 없다고 무죄!
사회 공헌, 개전의 정 따위로 집행유예!
아, 하느님보다도 한층 더,
부처님보다도 한없이 더 자비로운 판사들!
염라대왕도 감격해서 울며불며
칭송해 마지않을 원숭이들!

나는 왕이다!

푸른 잔디
왕 개구리
배 두드리며 큰소리를 친다.
나는 왕이다!

총애 받는 청개구리
왕 개구리 발바닥 핥아주며
애교 떠는 한 마디.
청사에 길이 빛나시는 왕!
만수무강 만만세!

잔디 주위에 널린 두꺼비
독을 품은 독 두꺼비
게거품 뿜으며 내뱉는 소리.
너희들 제삿날 곧 닥친다!
너희가 제사상 안주 되는 그 날!

그런다고 해서

두꺼비들이 아스팔트에서
미친 차에 갈릴 날
그리도 멀기만 할까?

주인 그놈이 도둑놈이지

주인이 몰래 숨겨놓은 상자,
오만 원 지폐 꾹꾹 눌러 채운 사과상자
개가 물어뜯는다,
돈이 뭔지 알 턱도 없지만.

개는 주인을 안다.
너무나도 잘 안다. 아무렴!
주인 그놈이 도둑놈인 줄도,
먹을 것도 아닌데 쌓아두기만 하는
천하제일 바보 천치인 줄도
개는 잘도 안다. 암, 알고말고!

그러나 주인은 모른다.
개가 자기 속을 꿰뚫고 있는 줄도,
언젠가는 등을 돌릴 줄도
죽었다 깬들 알 턱이 없다.
잘났으니까, 아니, 그렇다고 착각하니까,
지금은 한창 득세하고 있으니까,

아직은 감옥에 가지 않았으니까,
아니, 아직은 이승에서 퇴출되지 않았으니까!

그런데 저기, 저 높은 곳에 숨어 있는 자,
숨 쉬는 송장은 무엇인가?
도대체가!
그 얼마나 많은가!

돈이야 벌겠지

매스컴 바람 타고 하늘 높이!
꼭대기까지도 날아오른다.
어딜 가나 모든 입에 오르내린다.

일약 유명해지면 돈이야 벌겠지,
몸값이 한껏 오를 테니까.
사람도 달라지겠지,
귀하신 몸으로 변했으니까.
제멋에 겨워 으스대도 별탈은 없겠지,
돈이 권력이고, 권력이 곧 돈이니까.

그렇지만 예전보다 더 훌륭할까?
명성 때문에
더 위대한 인간일까?
아니, 더 만족하고 더 행복할까?

명예 없는 명성은 독약,
인격 없는 인기는 모기향 연기,

그것도 못 깨닫는 주제라면!

매스컴은 바람,
바람은 장님,
장님은 시궁창에나 처박힐 뿐.

범죄인들

네가 아무리 생각에 생각 거듭한들
없는 데서 갑자기 생겨나겠는가
먼지 한 톨인들!

네가 아무리 호령한들 아우성친들
없던 데서 갑자기 나타나겠는가
공기 한 점인들!

네가 아무리 바라고 또 바란들
없던 것이 뜻대로 타오르겠는가
사랑 한 가닥인들!

행동 없는 생각은 망상,
실천 없는 말은 미친놈 잠꼬대,
모범 아닌 행동은 범죄가 아닌가!

진리가 빛이라면

왕자들이 지나간다.
공주들도 줄줄이……
남는 것이라고는 그들이
평생 끼고 끙끙 앓던 정신병,
그리고 그들에게 짓밟힌 사람들의
원망과 욕설, 탄식과 고통뿐.

왕자들이 대를 이어 태어난다.
공주들도 줄줄이……
대지는 오염될 대로 오염되고
사방은 캄캄한 밤.

진리가 정녕 빛이라면
그 빛은 어디서 눈을 끄는가?

버림받은 기타

줄이 다 끊어져 버림받은 기타.
누군가 내버린 것
쓰레기 더미 위에.

눈이 내리고
길도 얼어붙었을 때
목은 부러지고
몸통은 부서진 기타.

누군가 발로 밟아댔지
모질게도.
무슨 심보일까?

누구나 탐내는 높은 자리
좋은 자리일까?
차례차례 버림받는 자들.
대개는 감옥에 가고
더러는 자살도 하고
결국 부서진 기타 꼴 신세.

무엇이 남을까?

수십 층 빌딩이 철거되고 나면
맨 땅만 남는다.
봄이 오면 풀이 뒤덮는다.

대도시 무수한 빌딩이 사라지면
무수한 사람들 무덤이 들어선다.
그것도 모두
언젠가는 사라지고
맨 땅에 풀과 나무만 무성할 것이다.

권력이 무너지면 무엇이 남을까?
동상? 기념관? 이름?
산더미 돈이 사라지면 무엇이 남을까?
한 때 부자였다는 추억?

천하에 울리던 명성이 사라지면?
한숨? 분노? 눈물?
사랑이 떠나면 무엇이 남을까?
정말, 무엇이 남을 수 있을까?

고인 물은 썩는다

흐르는 물도 오염되는 판에
고인 물인들 어찌 안 썩겠는가?
고인 권력이란 말할 나위도 없지.
속세의 추한 권력보다도
종교의 위선 권력은 더욱이나 더!

부패의 효소는 탐욕이지.
오만이지.
독선은 더욱이나 더!
전지전능한 신의 이름마저 고작
광란의 난장판이나 벌리고
유혈로 대지 더럽히는 효소일 뿐.

그러나 결국 무지 무능한
신의 아들들 그 말로란
무수히 반복된 허수아비들,
우상 앞에서 타 사라지는
불쏘시개감에 불과하지 않은가!

흐르는 물마저 오염되고 마는데
고인 물이 어찌 썩지 않고 배기는가?
밀실에 틀어박힌 자들,
스스로 감옥에 갇힌 죄수들이란
썩어도, 아무리 푹푹 썩어도
사회의 비료는 결코 될 수가 없지.
그래서 결국 영영
오염의 원천이나 될 뿐이지.

거짓말 똥 입으로 배설하는 중

그러면 그렇다, 아니면 아니다
하면 그만인 것을
요리조리 이유 들어 말 늘이는 자는
거짓말 똥 입으로 배설하는 중.

이것은 이렇고 저것은 저렇다
해야만 할 것을
이도 저도 모두 그렇다 하는 자도
역시 거짓말 똥 입으로 배설하는 중.

이것도 모르고 저것도 모르는 주제에
모를 게 없다는 듯
어디서나 제 흥에 겨워 나불대는 자도,
이것도 알고 저것도 알면서도
이놈 저놈 눈치에 입 꾹 다무는 자도
역시 거짓말 똥 입으로 배설하는 중.

이놈 똥 저놈 똥, 네 똥 내 똥,

없는 데가 없다.
배설하는 중, 중, 중,
헤아릴 수도 없이 많기도 많다.
원, 세상에!

도둑들

고구마 열 개를 삶는다.
쇠 젓가락으로
하나를 찔러보면 안다,
나머지도 다 익었는지.

항아리에 감자를 저장한다.
쇠꼬챙이로
하나를 찔러보면 안다,
나머지도 다 상했는지.

가죽 두터운 얼굴들 감투 쓴다.
날카로운 시선으로
하나를 살펴보면 알까,
나머지도 다 도둑인지?

찔러보지 않고 알면 다행이다.
만져보지 않고 알면 더 행복하다.
보지도 않고 믿는다면? 곳간 열쇠

통 채 도둑에게 내어주는 게다.
굶어죽고 얼어 죽고 맞아 죽어도
어디 하나 하소연할 곳조차 없다.

기득권 모두 버려라!

노동자는 노동자답게!
농민은 농민답게!
단체의 방패 뒤에 숨어
귀족이 되지 마라!

너의 기득권은
무수한 약자의 눈물.
너의 횡포는
무수한 아이들의 피눈물.

또한 너의 무법, 폭력은
무수한 네 형제들의 목을 조른다.
네 목은 맨 나중에?
네 목만은 예외라고?

트로피

남의 트로피
쓰레기통에서 주워 간다 해서
네가 진짜 챔피언이 되는가?
훔쳐 간다 해서,
강탈해 간다 해서
네가 더 위대한 인물이 되는가?
더욱이 대회 때마다
무수히 마구 남발되는 트로피라면
거기 한눈 팔 가치가 있는가?

무치 無齒

먹어도 먹어도 물리지 않는 거.
그게 아니라,
물어도 물어도 물리지 않는 거,
물어도 물어도 물릴 리가 없는 거.
그건 물 이가 없기 때문이지.
그건 물 리가 없기 때문이지.

물고기에게 물 이가 없다면
낚싯바늘 물 리도 없지.
큰 고기에게 물릴 리도 없겠지.
물만 마셔도 죽을 리는 없지.

무치 無齒!
그래도 입도 혀도 성하니 다행 아닌가?
물만 마셔도 죽을 리는 절대 없지.
잇몸이나마 성하면 더욱 더 다행!
전체 틀니 끼면 인생 새 출발!

그러나 아무리 후안무치 세상인들
결코 잡아먹지는 마라!
큰 물고기가 작은 물고기 씹어 삼키듯
약자의 숨통을 물어뜯지는 마라!

정복자

자기보다 더 센 놈은
그 밑구멍마저 핥아주지만
자기보다 약한 놈들은
무자비하게 정복한다.

고작해야 3~40년 날뛰다가,
짐승만도 못한 놈이 불장난 일삼다가
결국은 더 센 놈에게 패망!

아예 엎드려 사죄했더라면,
(그런 놈들도 있다!),
지난 날은 지난 날,
그렇게 서로 악수할 수도 있는데,

30년의 두 배도 더 지난 오늘까지도
적반하장 賊反荷杖!
앞으로도 영원히
칼날로 해를 가리려 하다니!

원한은 날로 깊어만 가고
증오는 대대로 유전된다.
겨우 3~40년 으스댄 주제에
천 년 만 년 저주, 경멸되다니,
그 놈, 참, 잘난 놈이야!
천하에 제일이야!

뼈도 못 추려!

까불지 마, 너, 함부로!
건방지게
까불지 말란 말이야!
뼈도 못 추려, 너!

살아도, 산목숨이 아니잖아!
죽어서라도
뼈나마 추려야 되지 않아?
그러니 자나 깨나
잘 살펴 걸어 다니라고.
방방곡곡 도사린 게 살모사잖아!

칼자루 잡았다고 함부로
까불지 마, 너!
아무 데나 대고 건방지게
삿대질 따위도 하지 마, 너!
권력이란 허깨비라서
뼈도 못 추려, 너!

황제의 초상이 새겨진 금화들
무수히 용광로의 밥이 되어
하찮은 여자들 귀걸이,
코걸이가 되었잖아,
수천 년 동안, 아니, 지금도!

왕국 폐허에는 잡초만 무성하고
살모사들은 여전히 번식하고 있잖아!

흰 목련

먼저 핀 꽃봉오리 아무리 으스대도
결국은 먼저 떨어진다.
땅바닥에 떨어져 밟히고 만다.

늦게 핀 꽃망울 아무리 웃어도,
마지막에 가장 크게 웃어도
결국은 지고 만다
계절의 칼날에.

꽃을 감상하는 사람들도,
꽃나무 심은 사람도
고작해야
지구에 핀 꽃송이들.

한 때!
잠시!

탐욕이란 모두 빈 바람.
명성이란 미치광이 헛소리.

비둘기

평화의 상징이라지.
그러나 평화는 줄 수가 없지.
알 리도 없을 테니까.

성령의 상징이라지.
알 리도 없을 텐데
어떻게 상징인들 될 수 있을까?

굶주린 사람에게 비둘기는
피전 수프의 재료일 뿐,
그 이상도 그 이하도 아니지.
약육강식,
정글의 법칙이 지배하는 한,
이 지상에서는!

검은 돈 받은 검사

악마 손은 검은 손,
천사 손은 하얀 손.
하지만 악마도 한 때는 천사라니,
검은 손 하얀 손 따지는 것 자체
그게 바로 '썰'이라는 거야.

소매치기 손은 검은 손,
검사 손은 하얀 손.
하지만 현직 검사라는 자가
도둑 소굴의 단물 빨아먹는
진딧물 같은 자라니!
일간지 사설들이 그렇다 하니!
이것마저 '썰'이라 우기는 것들
참으로 많을 거야.

대가성이 없으니 혐의도 없다니!
그래, 대가성만 없다면,
검사 아니라,

이 놈 저 놈 그 어느 놈도
살인 교사범, 아니, 대량 살인자의
검은 돈 받아 처먹어도 무혐의라니!
법치주의 좋아하시네 정말!

날도둑 떼강도 우글우글 떵떵거리는 세상,
이게 도대체 무슨 나라? 개나라!
맞지, 맞고요!
거기 관리 나부랭이는? 개나으리들!
맞지, 맞고요!
그럼 우린 뭐예요? 개? 졸?
이런 머저리 같으니!
꽝이야! 꽝이라고!

뇌물은 괴물

검은 것도 흰 것으로 둔갑시키는 뇌물,
잘난 애비가 못난 자식도 출세시키는 뇌물.
뇌물은 과연 위대한 도깨비,
온 세상이 모두 엎드려 절하는 귀신,
무시무시한 괴물이다.

조금 받치고 많이 얻어먹는 놈은 영악한 괴물,
바친 만큼 제 밥 찾아먹으면 본전 괴물,
아첨이나 바치고 크게 출세하는 놈은 대박 괴물,
많이 바치고 뺨이나 맞는 놈은 등신 괴물.

어마어마한 뇌물을 꿀꺽하고도
끄떡없는 놈은 불가사리 괴물,
부스러기 먹고 토해내는 놈은 위장병 괴물,
적게 먹고 가는 똥 싸는 놈은 쥐벼룩 괴물,
많이 먹고 굵은 똥 싸는 놈은 기둥서방 괴물,
툭하면 손 벌리고 억지로 바치게 하는 놈은
거머리 괴물.

졸개 이름 빌려 한 탕 두 탕 크게
탕 탕 치는 놈이야말로
괴물들의 대왕인 그림자 괴물이 아닌가!

뇌물의 뿌리가 깊은 나무는 바람에도 아니 흔들리고
뇌물의 샘이 깊은 강은 불황에도 아니 마르는 법.
그러나 뇌물을 바치는 놈도 괴물,
뇌물을 밝히는 놈도 괴물,
괴물을 보고도 멀거니 구경만하는 놈도 역시 괴물.
뇌물이 거침없이 오가는 나라는
도둑 떼의 소굴일 뿐이다.

땅콩과 비행기

인생 칠십 고래희에 처음 알았다.

대형 여객기 하늘 높이 날게 하는 것은
휘발유의 힘이 아니라
땅콩, 아니, 땅콩을 씹는 여자의 혓바닥,
아니, 그 혓바닥 근육의 힘이었다.

돌아가라니까!
그 한 마디에, 단 한 마디에
거대한 여객기가 제자리로 돌아갔다.

수백 명 승객들이야
손님은 왕은커녕,
최소한 인간으로 보이기는커녕,
땅콩 알갱이보다 더 하찮은 것들!

검은 머리 파뿌리 되도록 5~60년
속죄해도 모자랄 짓 아닌가?

그런데도 고작 징역 1년이라니!

아마 적당한 때
보석일 테지. 사면에 복권일 테지.
돈은 귀신도 마음대로 부린다니까.

허허허!
세상 참 별꼴도 많다.
인생 칠십 고래희? 몽중몽?
땅콩도 70년 묵으면 다이아몬드 되나,
땅속에서 썩어 없어질 것이?

거짓말하는 자들

하늘이 무너지든 땅이 꺼지든,
화산이 폭발하든 쓰나미가 덮치든,
그래, 천하가 모조리 불바다가 되든,
변기에 앉아 변비로 끙끙대는 자에게는
무엇이 가장 간절한 소망이겠는가?

목마른 사람에게는 시원한 물을!
굶주린 사람에게는 말랑말랑한 빵을!
헐벗은 자에게는 따뜻한 옷을!
집 없는 사람들에게는 아늑한 아파트를!

사탕발림 구호만 가는 데마다 외쳐대면서
돈 들어올 구멍은 나 몰라라 하는 자
그 뻔뻔한 낯짝만 바라보는 사람들에게는
무엇이 가장 절실히 필요하겠는가?

마음과 마음이 통하는 길이 사방으로 뻗은들
식은 죽 먹기 식 거짓말 홍수에 유실된다면,

부패와 비리의 바위덩어리에 막혀버린다면,
아니, 절망과 자포자기의 짙은 안개에
보이지도 않는다면,

마음은 이미 마음이 아니고
길도 더 이상 길이 아니지 않은가!
약속도 신의도 모두
허공에 사라지는 연기가 아닌가!

기를 쓰고 바보짓

무심코 저지르는 바보짓이라면
슬그머니 그냥 넘어갈 수도 있지.
애교로 웃어넘길 수도 있지.
고만고만한 사람들이 모여 사는 세상,
다른 시대보다 다른 게 하나도 없으니까.

하지만 끼리끼리 작심하고 행패부린다면,
기를 쓰고 막무가내 불장난이라면
이거야 정말 보통 일이 아니지.
보통사람들이 웃어넘길 일이 결코 아니지.

강 건너 어느 놈의 목이 날아가든,
바다 건너 어느 별이 떨어지든,
어느 동네 어느 벌판이 불바다가 되든,
잡초들이야 남의 일이라 코웃음이나 치겠지.

하지만 역사다운 역사가 기록된다면,
그야 반드시 어딘가 있게 마련이지만,

바보짓만은 영원히, 생생하게 남게 되겠지.
머지않아 티끌로 돌아갈 바보들이
증거인멸에 제 아무리 기를 쓴다 해도!

공은 공이요 사는 사로다!

공은 공이요 사는 사로다!
옳은 말씀! 그래, 바른말이지.
하지만 눈치껏 주둥아리 놀려야만
모가지 하나 제대로 보존할 수 있지.

공이 공을 모른 채 하니
사가 공을 농락하지 않을 리 있나?
천하가 똥물에서 허우적대는 판에
바른말인들 바른 귀에 들리기나 하겠나?
바른 귀라는 게 있기는 하나?

팔자지. 그래, 시대의 팔자!
어영부영 또 몇 년 허송세월.
사방이 날로 더욱 무시무시한
이 세기에!

북어와 탐관오리 떼

아스팔트길에 버려진 북어
한 마리 발랑 누워 있다.
—이게 웬 떡이냐?
사냥개가 달려가 덮친다.
앞발로 밟은 채 요리조리
물고 찢고 아작아작 씹어
냠냠 먹어치운다.
아아, 순식간에!

천 번 만 번 굽이굽이 인생길에
버려진 백성들 납작 엎드려 있다.
—이게 웬 떡이냐?
탐관오리 떼 달려들어 덮친다.
구둣발로 머리마다 짓밟은 채
요리조리 어르고 치고 사정없이 쥐어짜
뼈도 못 추리게 싹싹 먹어치운다.
아아, 번개같이!

당파싸움에서 영의정이 된들

당파싸움에서 이겨 개선한다 치자.
반대파를 모조리 숙청한다 치자.
그러나 모조리 없어졌을까?
잡초란 원래 뿌리가 남는 법!

영의정, 좌의정, 우의정이 된들
몇 년 못 가서 온 집안이 거덜난다.
능지처참은 고사하고
묘지마저 파헤치고 부관참시!

차라리 인적 없는 깊은 산에 들어가
손바닥만한 밭에 농사짓고 살았다면,
네 손에 피 묻힐 일도 없었을 테지.
가문이 박살나는 것도 면했을 테지.

왕조시대도 아닌 오늘날
이게 무슨 잠꼬대냐고?
그래, 아닌 밤중에 홍두깨 식이겠지.

몽유병자의 백일몽 헛소리겠지.

뇌물 먹고 맴맴,
권력에 취해 맴맴.
모가지 비틀려 땅바닥 뱅뱅 도는
풍뎅이
그 눈에는 그렇게만 보이겠지.
쇠귀에 경 읽기겠지.

소주병에 처박혀 질식한 희망

세상에서 제일 큰 감투,
이 사람도 써 보고 버리고,
저 사람도 써 보고 버리고.
어영부영 그러는 동안
극심한 가뭄 십년 내리 이어지고.

오늘 하루도 빈 속.
어느 덧 한밤중.
슈퍼에서 산 소주 한 병,
천 원짜리 병나발 부는 젊은이.
눈물이 아무리 진주보다 귀한들
그 속에 일자리는 있을 턱도 없고.

정신 나간 얼간이들 밥그릇 싸움에
해가 지고 또 가고, 청춘도
속절없이 표류하는 동안,
말라죽은 희망만 길거리마다 뒹굴며
썩지도 못해 독기 서린 한을 뿜어대고.

이 땅에 태어난 자들,
그들의 긍지와 보람이란
소주병에 처박혀 질식해버리는가?

통닭과 감투

통닭 한 마리.
누군가 살을 모조리 발라 먹고 난 뒤
길에 버린 뼈다귀들.
개 두 마리
으르렁으르렁 싸운다.

감투 하나.
누군가 단물 모조리 빨아 먹고 나서
길에 버린 쓰레기.
어중이떠중이 정치건달들,
깡패, 조폭, 너나없이 몰려들어
서로 물어뜯고 싸운다.
이전투구? 지옥도!

너 자신을 알라!
너는 누구의, 무엇의 통닭이냐?
너는 누구를, 무엇을 위한 감투냐?
소크라테스는, 아니, 델포이의 예언자들은,

인류는, 지구는, 아니, 우주 자체는
누구의, 무엇의 통닭이냐?
누구를, 무엇을 위한 감투냐?

진짜 개돼지!

물건이란 원래
이래저래 깨지고 부서지는 것,
낡고 닳고 찌그러지고 망가지는 것,
결국 쓸모없어 버림받아 쓰레기.

천 년 만 년 남는다 해서
오로지 그런 것만 귀한가?
순금 술잔보다는 치졸한 토기가 오히려
역사의 핵심 더 강하게 증언하게 마련.

절대군주의 미라보다는 삭아버리다 못해
그나마 남은 무명 민초의 유해가
참혹하면 참혹한 대로, 슬프면 슬픈 대로
더 생생한 증언이니 그 얼마나 더 귀한가?

아니, 비록 유해마저 남지 않았다 해도,
인간이 바위에서 튀어나오는 괴물이 아니라
생사의 고리에 면면히 엮여 내려오는

한 핏줄이라는 사실 자체야말로 이름도 없이
사라진 그들의 가장 값진 유산이 아닌가!

간도 쓸개도 없는 얼간이들이
아무리 그들을 개돼지라고 불러도
그들은 결코 개돼지가 될 리 없다.
얼간이들만이 바로 진짜 개돼지니까!

걸레는 걸레끼리

때에 찌든 걸레,
건성으로 한 번 설렁설렁 헹군다 해서
깨끗해질 리 결코 없는 걸레.

일이 년도 아니고 삼사십 년이나
한 번도 빨아본 적 없는 걸레.
다른 것도 아니고 바로 그걸로
제 식구들 식탁을 닦겠다 덤비다니!

무식의 소치? 치매?
미친놈이야!
왕창, 대책도 없이, 미친놈이라고!

그래도, 천하태평 무사안일이지.
제 눈에만!
사방에서 등골 부러지는 소리,
우지끈 뚝! 딱!

세상은 오늘도 빙빙 돌기만 하고
걸레는 걸레끼리 잘도 논단다!

한 자리만 줍쇼!

밥 한 술만 주세요, 찬밥이라도!
굶주림에는 이길 장사 없다 하니
죽기 싫으면
철천지원수 앞에서도 애걸복걸!
그건 정말 잘하는 짓이로다!

한 푼만 줍쇼, 동전이라도!
파산에는 용빼는 재주 없다 하니
패가망신 면하려면
시궁창에도 엎드려 애걸복걸!
그것 역시 잘하는 짓이로다!

한 자리만 줍쇼, 말단이라도!
동풍에는 동쪽으로, 서풍에는 서쪽으로
자빠지고 나뒹굴며 애걸복걸!
기껏, 아무도 거들떠보지 않는
비석에나 새길까 말까 할 벼슬,
그게 뭐 대단한 거라고!

하지만, 동서남북 남녀노소 가릴 것 없이,
한둘도 아니고 수십 수백만 애걸복걸이라니
참으로 대견하기 짝이 없도다! 장관이로다!
동서고금 최고 최대의 위업이로다!

한 표만 줍쇼, 한 표라도!
애걸복걸 민주주의 만세!
한 자리만 줍쇼, 말단이라도!
애걸복걸 공화국 만만세!

간다, 못 간다, 하더니만

간다, 못 간다, 하더니만
결국에는 옥신각신 이쪽저쪽
모두 가고 말았네.

온다, 못 온다, 하더니만
결국에는 이전투구 이쪽저쪽
모두 익사하고 말았네.

가라, 잘 가라, 하더니만
결국에는 모진 놈 곁에서 날벼락
모두 타버리고 말았네.

오라, 오라, 하더니만
결국에는 사방천지 똥구덩이
모두 풍덩 빠지고야 말았네.

간다, 간다, 하더니만
정말 가는 놈은 하나도 없네.

온다, 온다, 하더니만
정말 오는 놈도 하나 없네.

간다, 간다, 떼나 쓰지도 말고,
가려면 조용히 가버리면 그만.
온다, 온다, 헛소리도 없이
마음대로 와버리면 그만 아닌가?
그럴 능력이 정말 있기나 하면!

충성에 관한 명상

날마다 온종일 주인만 쳐다보는 개,
가끔 알아주는 척, 고깃덩이 주니까.
날마다 주인만 졸졸 따라다니는 개,
가끔 쓰다듬고 떡고물도 던져주니까.

사람들은 그런 걸 충성이라 찬양하지.
충성 또 충성! 지극 충성!
개 충성, 만세! 만세, 만세, 만만세!
개똥으로 만든 훈장도 개 무덤에 추서하지.
할렐루야! 아멘! 나무아미타불!
충성이란 과연 그토록 위대한 것인가?

개는 죽어도 개다. 쓸모가 있지.
그러니 정승 댁 개가 죽으면
조문객이 대문 앞에 인산인해 아닌가?
그래서 개 팔자가 상팔자라지.

하지만 정작 정승이 귀양 가서 죽으면

시정잡배마저 그 이름 모른다고 하지.
영락없이 개만도 못한 대감 꼴이지.
갓끈 떨어지면 한 턱 두 턱 몽땅 떨어지니까.

줄만 잘 서면 바보천치 줄줄이 출세한다지.
엉뚱한 줄에 서면 굴비 엮이듯 쇠고랑이지.
하지만 그 줄이라는 게 원래
줄이 줄다워야 건곤일척도 볼만 한 거지.
썩은 새끼줄이라면 불가근 불가원,
아니, 삼십육계 줄행랑이 최고 아닌가?

오늘은 천하무적인 듯 보이는 그 줄도
내일은 난도질당해 시궁창에 버려질 테지.
어느 구석에 처박힌 지 아무도 모르던
거미줄도 갑자기 천하를 옭아매고야 마는
무시무시한 쇠사슬로 둔갑한다지.

하지만 어느 줄이 정말 줄다운 것일까?
개처럼 충성하다가 보신탕 깜이나 된다?
사후에 개똥훈장 추서가 무슨 소용인가?
아무리 춥고 배가 고파도, 홀로 떠돈다 해도
산과 들 마음대로 휘젓는 개야말로
가장 자유롭고 개다운 개가 아닌가!

불후의 명작이란

천하 평정이라니!
그따위 허망한 불장난이란
광기에 팔자 타고난 자들이나
가지고 놀다가 자멸하게 내버려두세.

게딱지 땅이라도 물려받았다면
그나마라도 잘 관리해야
사람다운 사람이지.

비극적 영웅 따위 부러울 게 뭐람?
수천만 리 말을 달린들
결국 마지막에 누울 자리란
알거지와 뭐가 다른가?

치국이라니!
장삼이사 다 마시는 김치 국인가?
염불은커녕 잿밥도 못 챙기는 주제에!
집안일이나 제대로 꾸려야 사람이지.

출산, 육아, 교육, 병원, 은행카드에
결혼, 취직, 장례식마저 남의 손에
다 맡겨버린 주제에, 치국이라니!
이제 와서 무슨 헛소리인가?

결국 남은 것이란,
누구에게나 불후의 명작이란
오로지 수신 하나뿐.

사람 구실 제대로 하여
진짜 사람다운 사람이 되는 길,
남을 도와 자기도 돕고
다 함께 웃는 길, 그 외에
불후의 명작이 어디 있단 말인가?

너도 한 세상 나도 한 세상일 뿐

한 때 젊어봤으면 됐지.
어깨 좀 펴고 이리저리 돌아다녔으면
그걸로 족하지 않나?
회춘은 무슨 오뉴월에 염병할!
뭐를 더 처먹으려고?

한 세상 살아봤으면 그만이지.
직사도록 고생만 했든,
금수저 물고 룰루랄라 노래만 했든
피날레는 결국 다 마찬가지일 뿐.
돈보따리로 내세를 사겠다니!
어느 놈 등을 더 쳐서 독식하겠다고!

어느 놈의 황제인들
하루에 열 끼나 먹을 수가 있나?
어느 놈의 억만장자인들
하루에 백 시간을 즐길 수가 있나?
온 세상이 미쳐 날뛴다 해도

그 어느 놈이 세월을 막을 수가 있나?

그래, 날이면 날마다 고달픈들
남보다 더 많이 웃으면 뭐가 그리 안 되나?
이틀이 멀다 하고 굶주림에 시달린들
남보다 더 선하게 살면
뭐가 그리 서러운가?

너도 한 세상 나도 한 세상
하늘이 무너져도 그저 그뿐인데,
좀 더 올바르게 살면
뭐가 그리 억울한가?
천지만물이 원래 허허로울 뿐인데,
맨몸에 빈손인들
뭐가 그리 안타까운가?

버티어 보세!

버티어 보세, 버티어 보자고.
빈털터리에 고달픈 오년이든,
눈먼 십년, 부화뇌동에 또 십년이든
버티어 보세, 끝까지 버티어 보자고.

칼춤에 미친 바람 따위란
고작해야
메뚜기 한 철뿐이라니.

버티어 보세, 버티어 보자고.
구미호가 둔갑, 안방을 독차지해도,
산돼지들이 곳간을 몽땅 먹어치운다 해도
버티어 보세, 버티어 보자고.

허수아비 공룡의 무리
스스로 멸종하는 그 날까지
버티지 못할 것도 없지 않은가?

버티어 보세, 버티어 보자고.
최첨단 AI들이 인류를 쥐락펴락하든,
온 누리가 욕망의 파편으로
쓰레기통이 되든 말든
버티어 보세, 버티어 보자고.

무지, 오만, 독선의 유전인자에서
온 인류가 영영 해탈할 때까지
대대손손 한 백만 년,
아니, 천억 년도 버티어 보세!

보석이 따로 있나?

목걸이에 반지에만 보석이 있나?
내 집 지을 때 없어서는 안 되는
벽돌이 하나하나 모두 보석이지.
자갈이야말로 보석보다
천배 만배 더 쓸모가 있는 거지.

보석이 따로 있나?
안 보이면 더욱 더 그리운 이름,
만나면 한도 없이 반가운 얼굴,
그야말로 하나하나 더없이 귀한
백만 캐럿 다이아몬드!

왕관에 박힌 각종 눈부신 광석인들
있어도 그만 없어도 그만인데
하물며 목걸이 반지 따위야!

우정, 신의, 사랑, 자비 등
진짜 살아있는 보석이 없다면

사람이 어찌 사람에게 보석이겠는가?
하물며 신의 보석 어찌 되겠는가?

만물의 영장이라 아무리 자부한들
그거야 인간중심 제 눈에 안경.
진짜 보석으로 스스로 승화되지 못하면
이 광막한 우주에서
지구에 잠시 붙어 있다가 사라지는
티끌일 뿐, 그 외에 무엇이란 말인가?

훈장이란 무엇일까?

인류 최초의 훈장은
낙원에서 아담과 하와가 추방당할 때
치부를 가린 무화과 잎새였다.
아담은 하와의 치부를 가려주고
하와는 아담의 치부를 가려주었으니
인간이 인간에게 수여한 훈장이었다.

그래, 공적이 있어야 훈장도 빛이 나지.
무위도식에 눈치만 살살 보다가
훔치듯 가로챈 것은 개똥만도 못하지.
오히려 후손 얼굴에 똥칠이나 할 뿐이지.

그들이 사과를 따서 먹지 않았다면,
인류가 대대로 낙원에서 살았더라면
오늘날 눈부신 문명은 지상에 없으리라.
발가벗고 날마다 빈둥빈둥 놀기만 해도
굶주림도 추위 더위도 모르는 낙원에서
문명이란 눈꼽만큼도 필요가 없으니까.

그러므로 그들이 처음 발견한 것은
필요는 발명의 어머니라는 진리였고
그들이 세운 영원불멸의 위대한 공적은
문명의 탄생 그 선봉에 선 것이었다.

고대 올림픽경기에서는 남자들만 모여
발가벗고 재롱떨며 묘기를 보여준 다음
종목마다 한 명씩 월계관을 받았는데
치부가 아래에서 위로 올라갔을 뿐
잎으로 치부 가리는 훈장은 불변이었다.

그 후 천하 어디서나 대대로 공적이란
군주 부호등의 치부를 가려주는 일이고
훈장이란 그들이 쓰다 남은 금은보화,
그 중에서도 제일 쓸모없는 부스러기였지.

그러면 요즈음 훈장이란 무엇이냐?
문명이 발달할수록 범죄도 더욱 고도화,
권력이 강대할수록 권력자의 범죄도
더욱 안하무인 증가한다는 철칙에 따라
범죄 백과사전 전문가들이 안면 몰수,
권력자 치부를 교묘히 가려주었다고 해서
그 사실을 대대로 확인하는 영수증이지.

흔하면 천하고, 천하면 수치스럽지.
한둘이 받으면 그나마 영광일까 말까,
수십만 수백만 개 훈장이 데굴데굴,
그 판에 영예는 무슨 오뉴월에 얼어죽을!

치부가 치부인 줄 인류 최초로 알아채고
그걸 가린 나뭇잎 훈장은 그나마
문명을 잉태한 공적이 분명했지만,
요즈음 훈장을 떳떳하게 가슴에 달고
활보하는 사람이 전혀 보이지 않는 까닭은
치부가 치부인 줄은 알기 때문일까?
옷을 입어도 나체나 다른 없는 주제에!

그럴 테지

어중이떠중이가 우루루 튀어나온다.
저마다 목에 핏대 세워 악을 쓴다.
나 잘났어! 나만 잘났다고!

그럴 테지.
언제나 그럴 테지, 자기 생각에는.
어차피 아전인수니까.

그래도 세월은 간다.
쉴 새도 없이 흘러서 간다.
어제 소년이 오늘은 백발,
내일은 해골 아닌가?

그럴 테지.
영원히 그럴 테지, 어느 누가 봐도.
어차피 근본은 못 속이니까!

꿀꿀! 꿀꿀꿀!

제 주둥아리 닿는 대로 먹어치우는
통통 돼지, 꿀꿀 돼지.
여기저기 둘러볼 체면은커녕
이것저것 가릴 겨를도 없이
게걸게걸 꿀떡꿀떡 먹어치우는
통통 돼지, 꿀꿀 돼지.

일다운 일이란 해본 적이 없고,
할 힘도 능력도 아예 없는 주제에
입만 열면 거침없는 구호:
힘없는, 병든 돼지를 위하여!
먹고살기 힘든 돼지를 위하여!
폐기처분 도살되는 돼지를 위하여!

밤낮 먹어치우는 일 이외에
돼지에게 일평생 천직은 또 무엇인가?
자기 집, 자기 동네 먹어치우고 나면
이웃 마을, 아니, 나라도 몽땅 냠냠 꿀꺽.

지구도 우주마저도 먹어치우려 덤비지.

제아무리 천하를 돼지우리로 만든들
돼지의 말로란 결국 토사구팽일 뿐.
통통 돼지, 꿀꿀 돼지,
누가 먹어치울까? 언제 어디서?
구워먹을까? 삶아먹을까?

냄새 나는 진실 하나

똥…똥…똥…
내 몸이 벗어버린 짐이지.
아니, 내 몸에서 해방된 보물이지.
초목에게는 생명의 활력소,
벌레들에게는 풍성한 식탁이지.

똥…똥…똥…
문명에 중독된 눈 뜬 장님들이
가장 지겨워하는 공해물이지.
위선에 찌든 포식자들은
제일 먼저 깊숙이 숨기는 오물이지.

하지만 변비에 속수무책인 경우
그야말로 백 년 가뭄에 단비!
똥…똥…똥…
통…통…통…

배신자들은 무슨 똥일까?

거짓말쟁이들은 또 무슨 똥일까?
아, 황홀하든 쓰라리든 추억이란
정녕 누구에게, 누구를 위해,
과연 그 무슨 똥일까?

어느 인생인들

바가지에 주먹질에 울화통이 터져
문간에서 꼬리치는 강아지마저 눈 시려
배때기나 걷어차 봤자지.
재수 더럽게 옴 붙은 아침,
또 하루 시작일 뿐.

뉴스에 나오는 낯짝들 하나같이 역겨워
밥맛, 술맛, 살맛 몽땅 떨어져 버려
커피잔, 소주잔 닥치는 대로 던져 봤자지.

애꿎은 TV 스크린만 영영 맛이 가버리고
저 멀리 방송국에서는 지들끼리 히히덕.
재수 더럽게 옴 붙은 하루 또 하루.
그래서 이어지는 유구한 역사와 전통.

소심증에 생쥐처럼 눈치나 살피다가
공갈, 협박, 주먹에 기막히고 주눅들어
살얼음판이나 살살 기어다녀 봤자지.

건강에 장수에 공들이다가
치매에 중풍에 각종 암이라니!
차라리 돌연사가 백배 천배 행복하다니!
오호라!
재수 더럽게 옴 붙은 일생이로다!

그래도 한탄할 건 없는 인생이지.
한 세상 살아봤으면 그걸로 만족!
각계각층에서 눈부시게 이름 날리는
소위 지도층의 지도자들인들
뭐 쥐뿔나게 꿀맛 인생일 리도 없다니!

한 때 득세에 환호하는 자들

한 번 속으면 헛다리짚은 거야.
실수라고 봐 줄 수도 있는 게야.
교훈이라도 얻으면 그나마 다행,
인생 공부 비싸게 한 셈 치는 게야.

두 번 속으면 바보야.
어리석음에 놀아나 제 정신이 아닌 게야.
충고하고 가르쳐 줄 수는 있지만
바보가 배울 능력 누가 믿겠나?

하지만 세 번 네 번 속으면 천치야.
정신병자, 아니, 속는 데 중독된 게야.
무대책이 유일한 대책 아닌가!

게다가 속는 줄 알면서도 속는 자들,
속여주기 바라면서 졸졸 따라다니는 자들,
만만세! 할렐루야! 아멘! 환호하는 자들,
오호라!

그들은 도대체 어느 별의 무엇인가?

속여 보고 또 속이고 자꾸 속이고 싶네!
그렇게 노래하는 득세한 무리에게
무조건 부화뇌동, 광신도들이 합창하지.
한 번 속고 두 번 속고 자꾸만 속고 싶네!

사필귀정 부메랑

날린다 날린다 부메랑을 날린다.
미운 놈들 여기저기 팍팍 고꾸라지니
신바람에 짝짝짝 요란한 박수 소리.
시원하시겠습니다, 각하!
암, 사오년 체증이 싸악 가셨지.

돌아온다 돌아와. 부메랑이 돌아온다.
앞서 가던 고놈 엎어진 바로 그 자리
이번에는 제 놈이 고 모양 고 꼴이라.
신바람에 짝짝짝 요란한 박수 소리.
시원하시겠습니다, 각하!
암, 사필귀정이야. 그렇고말고!

사필귀정이라, 말이야 백번 좋겠지만
그게 아무나 아무 때나 해도 좋은가?
언제나 어김없이 이루어지는 꿈인가?
날리지 마라 부메랑!
자나 깨나 불조심, 부메랑 조심!

목메도록 그토록 신신당부도 했건만
안하무인 살기등등 날마다 마구 날리더니,
소곤소곤 미세먼지 같은 내로남불,
거짓말에 가짜뉴스, 인기 조작 등등등
애당초 모조리 부메랑이 아닌가?

무수한 별들인들 철 지나면 낙엽일 뿐.
시원하고 자시고 할 속은커녕
박수칠 손바닥조차 씨가 마르겠지.
날리지 마라 부메랑!
자나 깨나 불조심, 부메랑 조심!

청산유수 낙화유수

세상에 제일, 홀로 맑은 물이라
소문이 하도 자자한 청산유수,
보약으로 마셔보니 복통에 설사라.
알고 보니 그야말로 똥물이더라.

세상에 제일, 홀로 푸른 산이라더니
청산은커녕 돌산에 해골산이더라.
낙화암이 왜 낙화암인지는 아는가?
아편전쟁 벌인 나라들 흥망도 아는가?

네 탓이오! 오로지 네 탓이오!
시시각각 아우성치는 네티즌 벌떼.
비겁하고 추잡하고 잔인한 익명,
그런 쓰레기가 어찌 민심인가?

입만 열면 말이 청산유수라지만
말이 말 같지도 않은 거짓말에
뉴스도 뉴스 같지도 않은 가짜 뉴스에,

적반하장, 네 탓이오! 오로지 네 탓이오!

메뚜기도 한 철 지나면 낙화유수라.
매미인들 별 수 있나?
역시 영락없이 낙화유수일 뿐.

누구나 어디서나 외쳐대는 정의라.
정의 좋아하네. 외치기야 쉽지.
정의의 여신이란 눈먼 여자라
눈먼 자들이 멋대로 이용하기에 딱이지.
이리저리 끌려다니는 쇼걸일 테지.

푸른 산도 아닌 것이 무슨 청산인가?
흐르지도 않는 것이 무슨 유수인가?
아, 청산유수! 낙화유수!
말이야 그야말로 천하에 제일,
홀로 번드르르하겠지.

진짜마저 뺨치는 가짜들 번갯불에
콩을 구워먹기는 고사하고
수십 년에 간신히 마련한 집 한 채
초가삼간마저도 몽땅 태울 것인가?

족벌 천하를 굽어보며

먹고 싸고, 먹고 싸고, 먹싸! 먹싸!
그래서 먹싸족이라 한다지.
제일 똘똘하다고 자부하겠지만
사실은 제일 어리석고 무모한 족속.
그건 사람 같은 원숭이가 아닐까?
아니면, 원숭이 같은 사람일까?

아첨이야 번드르르한데 싸구려 아첨,
그래서 아싸! 아싸! 아싸족.
아첨에 놀아나는 귀족은 아귀족.
사람보다 약삭빠른 족제비일까?
족제비 뺨치는 사람일까?

끼리끼리 싸고 돌고, 끼싸! 끼싸!
그래서 끼싸족이라 한다지.
짜고 치는 고스톱에 돌팔이 사기꾼은
짜돌! 짜돌! 짜돌족.
눈치나 살살 보다 제일 먼저 삼십육계,

그러니까 영락없이 눈삼족.

애국애족 정의평화 외치기보다
상식 분수 예의부터 배워야 마땅한 무리,
그건 바로 애정 결핍에 찌든 애정족.
치고받고 사생결단이라, 치사! 치사!
그 꼴이니 죽어도 고작해야 치사족이지.

천갈래 만갈래 족벌들이 판치는,
아아, 문자 그대로 족벌 천하!
불편부당 엄정중립 따위 중얼대다가는,
아아, 어딜 가나 몰매에 거덜나는 세상!

그럼에도 불구하고, 아니,
그러면 그럴수록 공수래공수거
더욱 더 기꺼이 독야청청하리라!
신념, 이상, 희망을 가슴 가득히
더없이 맑은 영혼이 되리라!

다음 달이 오지 않는다면 어찌
보름달을 한없이 아름답다 하겠는가?
내일을 정녕 기대할 수 없다면 어찌
지는 해를 가장 찬란하다 하겠는가?

우주가 무한하지 않다면 지구가 어찌
언젠가는 그 벽에 충돌하거나
밖으로 튕겨나 영영 실종되지 않겠는가?

선물상자

몇 다리인가 건너가야 할 선물상자.
빙글빙글 돌아 다녀야 할 운명.
도대체 불필요한 손 몇이나 거친 뒤에야
드디어 필요한 사람이 소비해 버릴 것인가?

빈 상자들을 바라본다.
알맹이는 쏙 빠진 각양각색의 상자.
나름대로 완전하고 튼튼하고 아름답다.
그러나 상자마다 과연 선물만 들어 있었을까?

한 때는 값진 선물 보호하던 성벽.
이제는 폐품 수집가에게나 반가운 손님.
거침없이 쓰레기로 내버려지는 상자.
지금도 거기 가득 찬 것은 정말 무엇일까?

상자 하나가 완성되는 날을 위해
무수한 전쟁, 탄압, 발전이 반복되었을 것이다.
상자 하나가 완전히 분해되는 날을 위해서는
무수한 눈물, 탄식, 야망이 밤과 낮을 채울 것이다.

실업자와 실업가

실업자가 실업가라니!
무항산 무항심 無恒産 無恒心
이 만고의 진리
무수한 사람에게 가르치는 사업에,
피로도 굶주림도 혹한도 절망마저도
날마다 부서지는 온몸으로 극복한 채,
이리 뛰고 저리 기는 위대한 실업가라니!

실업가가 실업자라니!
돈, 돈, 돈, 돈벌이
이 만고의 허깨비
그 그림자나 움켜쥐려 발버둥치며
비만, 당뇨, 고혈압, 암마저도
당돌하게 온몸으로 부딪치며 거부한 채
주색잡기 허송세월의 전문 실업자라니!

실업자라고 모두 위대한 것은 아니다.
대개 자기 자신은 가르치지 못하고
빈손으로 빈 배만 움켜쥐고 운다.
실업가라고 모두 무용지물은 아니다.
더러는 허깨비를 때려잡아 끌고 다니며
무수한 사람 위해 마술을 부리게도 한다.

그러나 실업자는 죽어도 사람이지만
실업가가 죽으면 쓰레기일 따름.
아닐까?

돈이란!

내가 참으로 놀란 이유

백화점 지하 식품센터에 들어서자마자
몹시 놀란 이유는 무엇일까?

그곳이 어마어마하게 큰 음식공장이라서?
아니다! 돈만 있으면, 돈만 주면
어떤 종류의 식욕이든 갈증이든 해결되기 때문에?
아니다! 아니다! 또 아니다!

돈 맛을 아는 사람들,
돈 맛에만 황홀하게 취해 있는 사람들
그들은 놀라움이 아니라 슬픔만 준다.
아이스크림 든 아이, 초콜릿 먹는 어린 소녀마저
돈 맛이 세상에서 최고라고 아는 DNA에 찌들 때
그것도 놀라움이 아니라 절망과 비탄일 뿐이다.

서울의 중심지 바로 그곳에서도
굶주린 사람, 집 없는 사람들이
자칭 타칭 잘난 사람들 틈에 숨어

날마다 낮과 밤을 함께 보내야만 한다는 사실
그것도 놀라움은커녕 한낱 역설일 뿐.

내가 참으로 놀란 이유는 무엇일까?
정말 무엇이어야만 할까?

이토록 가까운 곳에 음식공장이 있는 줄 몰라서일까?
양극단이 공존이 아니라 병존하기 때문인가?
아니, 이 영원한 평행선을 여태 몰랐기 때문인가?
아니면, 그것이 영원히 이어질 듯해서
두려웠기 때문인가?
나는 이유도 모른 채 놀란 바보에 불과한가?

그녀의 매력

진한 선글라스 유리에는
고층건물, 누런 낙엽, 단풍나무 등
찬란하고 눈부신 세상이 두 개나 들어

진한 루즈 입술
위에는 자만심
아래에는 욕망이 배어

옷도 구두도 고급 브랜드
아마 속옷도 매우 비싼 것일 듯

온 몸이 풍기는 돈 냄새
머리 향수보다 더 강렬하다.
두 다리에는 아직
힘도 각선미도 시들지 않아
뭇 사내들 시선을 끈다.

버스나 전철을 타면

그녀의 매력은 허공에 사라진다.
노약자석
오늘은 그녀의 자리.
내일은 조상들을 만나러 떠난다.

젊은 실업자들

좍좍 퍼붓는다 비가.
하늘이 설사한다 마구.
돈은 다 어디 갔나?
먹을 건 다 어디로 갔나?
쪼로록 쪼로록 비를 맞는다 개가.
집도 없는 개 뱃속은 꼬로록 꼬로록.

주루룩 주루룩 눈물을 흘린다
어린이공원에서 젊은 실업자들이.
대굴대굴 대굴대굴 굴러간다 비탈을
일찍 떨어진 초록색 감이.
하염없이 굴러간다 눈물 따라.

도랑에 처박히면 썩어버릴 감.
막다른 골목에 이르면 사라져버릴 청춘.

좍좍 퍼붓는다 비가.
숨 막히도록 턱까지 차올라오는 근심.

쪼로륵 쪼로록 비를 맞는다
맨손에 아무것도 없는 청춘은.

개 팔자가 상팔자다
부잣집 개를 부러워해야 하는 청춘에게는.

진흙탕 개

진흙탕에 돌아다닌 개
발이 더러운 건 당연하지.
개 탓이 아니야.
신발이 없기 때문이지.

진흙탕에 돌아다니며 놀던 주인
발이 깨끗한 건 사실이지.
장화를 신었으니까.
하지만 발 고랑내 여전히 지독하잖아?

진흙탕에 돌아다니며 놀던 여주인
비단치마 깨끗한 건 사실이지.
고급 차 마시며 비싼 차 탔으니까.
그러나 속치마에서는 냄새 안 날까?

개발이 더러운 건 누구나 볼 수 있지.
그러니까 걸레로나 샤워 꼭찌로
씻어줄 수도 있지.

하지만 고랑내 진동하는 주인 발,
고린내에 찌든 여주인 속치마는
누가 어디서 어떻게 씻어준다는 거야?
눈에 보이지 않는데!

선거 문화

선거 문화라니? 돈 선거 문화?
그 따위가 어떻게 "문화"야?
야만이지! 야만!

배알 다 빠지고 눈알마저 썩은 것,
악취가 천지에 진동하는 것,
그 썩은 동태도 생선이라는 거야?

김이박최 누구인지 묻지 마!
동서남북 어디인지도 묻지 마!
남녀노소 안방 들판 가리지도 마!
야합이야!

문화는 무슨 오뉴월에 얼어 죽을 문화?
들개 늑대 떼의 야합이라고!
야합이 뭐냐고?
국어사전 있으면 찾아봐!

짐승들이 들판에서 하는 짓이야.
그걸 문화라고 말하는 소위 지식인들
그 자들도 역시 야합하고 있는 거야!

이 땅에, 그래, 정녕
진짜 문화인은 하나도 없다는 거야?
문화가 뭔지 아는 놈이
단 하나도 없다 이거야?

차라리 부정부패 문화는 어때?
군사 문화, 고문 문화, 독재 문화,
재벌 문화, 조폭 문화는 어떠냐 이거야!
경칠 놈들 같으니!

돈께나 들지

한 상 잘 차리기에는
돈께나 들지.
하지만 잘 먹기는 힘들고
잘 싸기는 더욱 괴롭고
잘 살기는 가장 어렵지.

한 몸 잘 차리기에는
참으로 돈께나 들지.
그러나 잘 움직이기는 힘들고
잘 돌아 다니기는 더욱 어렵고
언제나 잘 걸어가기는 거의 불가능!

한 세상 이름 떨치기에는
엄청나게 돈께나 든다지.
하지만 구린내 나는 그런 이름 따위
도대체 어디다 쓰지?
대리석 비석에 새긴들
우거진 잡초가 알아나 줄까?

지가 뭘 알아?

너무 또 너무 많이도 해 처먹어
두 배라 해도 터지고 남을 주인
아무 걱정이 없다.
큰소리마저 마이크 잡고 떵떵거리며
동네방네 잘만 돌아다닌다.

지가 뭘 알아?
알면 얘기해 봐.
말은 그만!
증거를 대란 말이야 증거를!

짧게는 서너 주 또는 수개월 뒤,
아무리 길어야 사오년쯤 지나면
대개 쇠고랑 차고 사라지는 것들.

사람답게 사는 길
지들이 뭘 알아?
아니, 어떤 돈이 진짜 돈인지마저
지들이 뭘 안다는 거야?

유혹

손짓을 한다 끊임없이,
밤도 낮도 없이.
보이지 않는다 손은
결코!
술, 담배, 커피, 마약,
그것뿐일까?
섹스, 돈, 도박, 춤,
그것뿐일까?
불로장수, 성형, 정형, 정력 강화,
아니, 영생불멸!
과연 그것뿐일까?
신이 되려 발버둥치는 인간들,
벌레만도 못한 미세 먼지들에게!

전문가?

그것이 알고 싶어
전문가에게 물었다.
그게 뭐지요?
그게 뭐라니?
그게 뭔지 네가 말해야
그게 뭔지 내가 답변하지.

전문가란
질문조차 뭔지 모르는 얼간이들!

바닷가 모래알보다
더 많은 전문가들.
그리고 그들의 세상.

차라리 모르는 게 약이야.
입 다물고
조용히 살다 가!

단위의 차이

3만 원 짜리 한정식 먹었다고?
그래서 만족의 트림 토하는 거야?
3천 원짜리 짜장면 먹은 사람보다
열 배 더 배불러?
열 배나 더 행복하냐고?
단위의 차이,
0이 하나 더 붙었을 뿐이야.
0이란 원래 없는 거.
그게 다 지워지면 뭐가 남지?
100만 년인들 100억 년인들
모조리 다 0이 모인 거 아냐?
너니 나니 하지만 실물 자체도
사실 0일 뿐이라고!

기둥

무수한 기둥.
정말 무수한 기둥이 있다.
우리 사회 떠받치는 기둥들.
거대하든 잘디잘든
기둥은 기둥.
역할은 아무 차이 없다.

기둥을 갉아먹고 사는 것도 있다.
기생충 인간들.
무수하다.
비록 기둥이 되지 못한다 해도
갉아먹지 않는 것만도 큰 공헌.
미세한 기둥 하나라도 지탱한다면
더할 나위도 없다.

돈벌이라니?
그런 건 안 해도 그만 아닌가!

실업자와 실업가

실업자가 실업가라니!
무항산 무항심 無恒産 無恒心
이 만고의 진리
무수한 사람에게 가르치는 사업에,
피로도 굶주림도 혹한도 절망마저도
날마다 부서지는 온몸으로 극복한 채,
이리 뛰고 저리 기는 위대한 실업가라니!

실업가가 실업자라니!
돈, 돈, 돈, 돈벌이
이 만고의 허깨비
그 그림자나 움켜쥐려 발버둥치며
비만, 당뇨, 고혈압, 암마저도
당돌하게 온몸으로 부딪치며 거부한 채
주색잡기 허송세월의 전문 실업자라니!

실업자라고 모두 위대한 것은 아니다.
대개 자기 자신은 가르치지 못하고

빈손으로 빈 배만 움켜쥐고 운다.
실업가라고 모두 무용지물은 아니다.
더러는 허깨비를 때려잡아 끌고 다니며
무수한 사람 위해 마술을 부리게도 한다.

그러나 실업자는 죽어도 사람이지만
실업가가 죽으면 쓰레기일 따름.
아닐까?

기름에 당장 튀겨라!

펄떡펄떡
마구 튀어 오르는 잉어
월척이다.
기름에 당장 튀겨라!.
아, 정말 맛있다!

꿈틀꿈틀
얽히고설키는 미꾸라지
한 바구니.
기름에 당장 튀겨라!
아, 바삭바삭 씹히는 소리!

살금살금 은근 슬쩍
아무도 몰래 오가는 검은 돈
가장 높은 빌딩조차 능가하는 산더미.
기름에 당장 튀겨라,
주고받는 손들도 모조리 함께!
아, 코를 문드러뜨리는 그 악취!

사각사각 야금야금
신의와 진실의 대들보 갉아먹는 쥐새끼들.
어마어마한 쓰나미다.
기름에 당장 튀겨라,
폐허 밑에 묻힌 백골이 되기 싫다면!
아, 진짜보다 더 진짜로 날뛰는
황홀한 가짜들의 카니발!

그들도 결국 낙엽일 따름인가?

대도시 동맥은 아스팔트에 뒤덮이고
실핏줄마저 모조리 포석이 차지한다.
타이어와 구두 바닥만 편안한
눈부신 문명.
흙을 몰아내고 화석이 된 폐허.

늦가을 찬비에 떨어진 플라타너스 잎들
하나 또 하나 완벽한 대자연의 걸작.
한여름 그늘을 누구에게나
무료로 베풀던 자선가.

그러나 이제 썩을 곳마저 없다.
짓밟힐 뿐,
부서지고 찢어지고 바람에 흩어질 뿐.
청소부들이 힘겹게 쓸어 담아
어디론가 끌어가 처분하는 쓰레기일 뿐.

온 천지에 남녀노소 누구나

돈! 돈! 돈!
돈 세상에서
처음부터 돈이 없는 자,
아예 돈을 벌 수가 없는 자,
힘이 없거나 늙거나 허허벌판 외로운 자,
그들도 결국 낙엽일 따름이란 말인가?

손가락 여섯 개나 없는 아줌마

홍대입구역 2번 출구 바깥 한 구석
자리 잡은 반찬가게 아줌마.
왼손에 세 개, 오른손에 세 개
손가락이 없는 아줌마.
그래도 날마다 반찬 만들어
내다가 판다, 먹고 살기 위해서.
목구멍이 포도청이다!

싸늘한 겨울바람마저 결국
그 삶의 의지 앞에는 고개 숙인다.
맑은 목소리, 환한 미소,
미인의 미 자도 전혀 인연이 없는
그 아줌마 표정 앞에서 어느 누가 감히
신세타령 팔자 한탄 늘어놓겠는가?

여의도 국회에는 손가락이 몇 개인가?
병역기피로 잘린 것 다 뺀다 해도
2천 개는 훨씬 넘는 손가락들!

수십 년 동안 어디서 무슨 일을 했나?
백성들 먹을거리 날마다 마련하는가?
힘없고 죄 없는 사람들 목이나 조르고 있는가?
갑질, 몽니, 구린내 따위
도대체 어느 나라 말인가!

수십 년 전에는 우리 가운데 그 누구도
지상에 없었다.
수십 년 후에는 아무도 없을 것이다.
그보다 더 확실한 일이 어디 있는가?
그러나 부지런히 착하게 산 아줌마
그 손가락 네 개만은 하늘에
찬란한 별로 영영 남을 것이다.
참으로 아름다운 손가락 별!

허튼소리

수천 억 명이 모인들, 모여서 모든 것을 바친들
파리 한 마리 허공에서 창조할 수가 없지.
그런 주제에 고작 수백, 수천 자칭 대표들이
만고불변의 진리를 선포한다니!

진리가 다수결 따위로 결정되기라도 하듯이,
선포만 하면 검은 것이 흰 것이 되고
사슴이 말로 둔갑하기라도 하듯이!

구경꾼들이나 후세인들은 그들이 허튼소리나
잠꼬대처럼 지껄인다고 비웃는다.
하지만 과연 그럴까?

천하를 움직일 돈과 조직이 있다면,
종말을 초래할 무기에 증오와 광기마저
그들이 장악하고 있다면,
그들 입에서 나오는 게 아무리 허튼소리라 해도
웃어넘겨도 그만일, 미치광이들이 내뿜는

싸늘한 입김이나 냉소에 불과한 것일까?

개, 고양이, 원숭이 따위가 신격화되는 판에
사형수든 황제든 신으로 숭배 받지 못할 것도 없다지.
인간이란 어차피 우상 숭배자라니.
한두 사람을 속이면 거짓말이지만
무수한 입을 총칼로 틀어막으면 진리가 되는가?

남의 땀, 아니, 피!

리모컨 스위치를 누른다.
찬바람이 쏴아 쏴아.
우주선에서 중력이 사라지듯
어디론가 문득 꼬리 감추는
한여름 찜통더위.

하룻강아지 범 무서운 줄 알랴?
전기 값 무서운 줄 모르고
에어컨을 마구 튼다.
실내 공간은 우주선 캡슐.
더위 따위야!

주인이 아무리 우습게 본다 해도
여전히 천하 호령하는 용광로 열기.

사시사철 가릴 것도 없이 언제나 뻘뻘
땀 흘려 일해도 날마다 배가 고픈 민초.
남의 땀, 아니, 피를 훔쳐 자기 배만 채우는

거머리, 아니, 모기, 빈대, 벼룩, 이 따위.

세상에 사람이란 참으로
두 종류밖에는 안 보이는가?

돈 자루

대문만 번지르르한 집이 있다.
지반은 계속 가라앉기만 하고
대들보는 썩은 지 오래.

새로 태어나는 것들 울음소리
거의 들리지도 않는데
늙은 것들은 부질없이 분주히
돌아다니며 결국
말로를 향해 치닫기만 하다니!

돈 자루 아무리 자랑한들
어느 누가 거들떠나 보겠는가?
도둑이나 청부 살인범 따위 말고는!

뜰에는 잡초만 무성할 뿐,
캄캄한 어둠 속에 잠겨버릴 뿐.

개 같은 인생들

진흙탕에 뒹굴면서도 개는 마냥 즐겁다
어차피 개니까.
돼지는 진흙탕에 뒹굴 때가 가장 즐겁다
영락없는 돼지니까.

그런데 어리석은 자들은
(바보 천치가 결코 아닌, 잘난 자들!)
욕심의 수렁에 빠지면서도 희희낙락이다!
어차피 눈이 멀었으니까.
영락없이 중독이 되었으니까.

세월은 눈 깜짝할 사이에 천리만리
석양 아래 문득 공동묘지.

정신 차려보면,
(정신을 차리기나 한다면)
이미 늦었다.
다 끝났다.

포커 게임

Monte Carlo 카지노에서 열린 포커 게임이
전 세계에 생중계된 이유는 단 한 가지.
세계 굴지의 부동산 투기꾼 셋이
수십 년 만에 최초로 대결, 무한정 베팅,
끝장을 보는 희대의 쇼니까.

Drumpie가 에이스 포 카드를 쥐고
회심의 미소를 짓는다.
킹 포 카드를 쥔 Goldnow도 의기양양인데,
고작 하트 원 페어 뿐인 Lunapark는
생쥐처럼 양쪽 눈치만 살금살금.

Lunapark는 손 떨며 천만 평을 건다.
Goldnow가 큰 맘 먹고 일억 평을 던진다.
워낙 통 큰 Drumpie는 백억 평을 건다.

Drumpie의 카드를 비밀보고로 알아챈
Goldnow는 순간 눈에 살기가 도는가 하면

숨겨둔 에이스 넉 장으로 바꿔치기 한다.
사기도박에 닳아 빠진 Drumpie가 격분,
잽싸게 권총을 빼어 겨눈다.
Lunapark는 땅바닥에 납작 엎드린 채
숨만 할딱할딱 몰아쉴 뿐.

땅문서를 싹쓸이한 Drumpie가 유유히
일어서서 한 마디 던진다.
너희 목숨만은 개평으로 준다.
고마운 줄 알아라.

Goldnow는 넋을 잃어 미쳐버린다.
Lunapark도 제 정신이 아니라서 횡설수설:
색즉시공이야! 공수래 공수거라고!

약육강식의 바다

태평양의 물결은 지금 태평한가?
파도는 평화를 실어 오고 있는가?
태평양이라는 명칭 자체가
간절한 소망, 허망한 꿈의 상징일 뿐인가?

해적이든 해군이든
노리는 전리품이 똑같은 바에야
어느 바다인들 유사 이래
양육강식의 전쟁터가 아니었던가?

태평양을 끼고 사는 크고 작은 나라들은
밭갈이에 나무심기, 그물 치기에도
노는 손이 없어야 할 판에
대포나 열심히 만들기만 한다.
돈이나 죽자 사자 버는 나라도 있다.

공화국 왕국 제국 따위 깃발은
모두 허울 좋은 위장망.

무수한 목에 올가미 조여
무자비하게 끌고 가는 것은 권력이다.
눈먼 권력, 굴레 벗은 권력.
그것은 야수! 죽음의 야수다!

굴레를 갉아먹는 좀 벌레들이
돈에 미쳐 눈이 멀어 날뛰는 한
태평양이란 고작해야
썩은 물의 연못일 뿐.

착하게만 산다면

색즉시공 공즉시색!
부처가 깨달았다고 해서 비로소
만물이 그러한 것일 리는 없지.
원래 태초부터 영영 그럴 뿐이야.

허무하다! 태양 아래 모든 것이!
예언자가 소리친다고 해서 비로소
만물이 그러한 것일 리도 없지.
원래 태초부터 영원히 그럴 뿐이야.

종말이 임박했다! 불시에 곧 닥친다!
교주들이 악을 쓴다고 해서 비로소
종말이 발생할 리는 결코 없지.
어차피 올 거라면 언젠가 닥칠 테고
애당초 없는 거라면 영영 그럴 뿐인데,

군이 혹세무민하는 까닭은 무엇인가?
남들에게는 모든 것을 버리라고 하면서

자기는 죽자 사자 축재는 왜 하는가?
종말이 임박했다고 악을 쓰는 주제에!

깨달음도 허무요 종말론도 헛소리,
허무하다는 말조차 진짜 허무가 아닌가!
모르면 모르는 대로 오늘 하루라도
착하게만 산다면, 착하게 살 수만 있다면,
너와 나, 그래, 우리 사이에 그 무엇인들
더 간절히 기원할 게 있단 말인가!

눈멀지 마라

극찬이면 곧 허구도 사실로 둔갑하는가?
허위도 진리로 널리 통한단 말인가?
오히려 극도의 조롱이나 경멸,
영원한 모욕인 경우가 얼마나 많은가!

수백만 명의 환호, 박수갈채가 반드시
사기꾼을 메시아로 만들 수가 있는가?
학살범을 천사로 위장할 수도 있는가?
아니, 그의 파멸을 미리 경축하지 않는가!

돈 좀 벌었다고, 인기 좀 얻었다고,
권력 좀 잡았다고 해서 제왕인 양
안하무인 아무 데서나 날뛴다면,
우하하하! 허허허허! *虛虛虛虛*!

제 철 지난 매미, 메뚜기, 나비 따위나
도대체 뭐가 그리 다른가?
차라리 사람으로 태어나지나 말 것을!

그러면 번뇌도 회한도 심판도 없이
대자연 품에 편히 쉬면 그만일 것을!

오늘도 무너지는 억장이여!

하룻밤에 일억이라 카더라.
한번만 넣었다 빼도 수억이라 카더라.
김칫국 마시듯 안하무인으로,
나라도 통채 말아먹을듯 위풍당당한
초대형 허리케인, 카더라 통신!

우후죽순 요지경텔에서 오가는 소문,
무허가 방앗간 묻지마 떡값인 줄 아나?
요 엉큼한 것들 같으니!
개 눈에는 똥만 보인다더니!

하기야 그놈이 그놈, 다 도둑놈이라 카니
어느 놈이 똥값 떡값 공정하게 가려내랴?
설령 천년에 한번 기적 같이 가려낸들
어느 놈이 제 정신에 기꺼이
제 값 받기 운동에 투신자살 하랴?

똥인지 떡인지 구별도 못하는

눈먼 생쥐들이 끼리끼리 킬킬대며
쌀창고도 거침없이 바닥내는 판에,
여객선 바닥도 멋대로 구멍 뚫는 판에,

하룻밤에 일억이라 카더라.
한번만 넣었다 빼도 수억이라 카더라.
아아, 한가롭기 그지없는 음풍영월이여!
마이동풍에 오늘도 무너지는 억장이여!

그 여자란 도대체 누구일까?

손을 대기만 하면 깡통주식도
백 배 천 배 뻥튀기기 일쑤라 하니,
강남이든 산골이든 가릴 것도 없이
아파트도 열 채 백 채 자유자재라 하니,
그 여자란 도대체 누구일까?
마이다스의 손을 가진 여신이겠지.
고작해야 그년 잡년 개년에 불과할까?

입을 열기만 하면 날마다 밤마다
청산, 개혁, 정의 얼씨구 공염불이지만,
자기 똥 비단 손수건으로 덮기에도
바빠서 숨마저 넘어갈 판일 터인데,
판사, 장관 기타 나부랭이 자리 따위는
도대체 뭘 더 먹겠다고 탐내는가?

그런 여자란 도대체 누구일까?
그런 여자만 골라 발탁한 것도 모자라
싸고도는 자들이야말로 정말 무엇일까?

유능한, 청렴한 인재 발탁 전문가일까?
기껏해야 그놈 잡놈 개놈에 불과할까?

빅데이터에 오늘 우리 모습을 입력하면
과연 무슨 대답이 쏟아져 나올까?
"그놈이 그놈이요 그년이 그년!"일까?
"넌들 어찌 그놈이 아니라 하며
 그년이 어찌 아니란 말이냐!"일까?

아니, 피차 솔직하게 말해보자면,
"돈은 돈이요 주먹은 주먹이라,
영원히 변함없는 유일한 철칙이라,
어느 코흘리개든 모를 리 없는 것을
어찌하여 자꾸만 귀찮게 물어?"일까?

뭐든지 다다익선일까?

다다익선이라, 아하, 다다익선!
말이야 누구에게나 마다할 리 없이
너무나 매혹적으로 들리기는 하지.
하지만 뭐든지 다 그런 건 아니잖아?
누구에게나 모두 그럴 리도 없고
언제나 어디서나 그럴 턱은 더욱 없지.

하물며 거짓말에 스스로 중독된 파리,
궤변에 취해 흐느적대는 해파리,
단물이나 기를 쓰고 빠는 거머리,
바람 따라 몰려다니는 오합지졸 따위야!

아, 송장마저 벌떡 일어나 탐낸다는
돈, 그건 정말 다다익선일까?
전 세계 슈퍼 부호들에게 물어보라,
생로병사의 굴레 벗어나는 묘약을
돈만 주면 언제든지 살 수 있는지.

아, 동서고금 대지를 피로 물들이는
권력, 그거야말로 정녕 다다익선일까?
무수한 왕궁의 폐허에 가서 물어보라.
무수한 황제들의 텅 빈 석관에게도!
자유, 평등, 정의, 행복의 나라가 과연
권력만 휘두르면 굴러오는 떡인가?

아, 사랑은 어떤가?
질투의 독약, 독점의 가시가 어차피
도사리게 마련인 사랑이라는 것은?
아, 자비는 어떤가?
영생, 구원, 열반, 해탈 등 신기루를 탐내는
최대의 욕망에 물든 자비라는 것은?

다다익선이라, 아하, 다다익선!
말이야 참으로 솔깃하게 들리지.
하지만 제 명에 편안한 천수 누리려면
거기 숨은 독버섯, 암세포를 살펴보라.

오히려 너도 나도 다다익선에 홀려
무턱대고 탐내는 바로 그것이야말로
멀리할수록, 버리면 버릴수록
심신은 더욱 편하고 건강해진다는 걸

깨달을 때 비로소 다다익선도 제격이지.
누구에게나, 언제나, 어디서나, 뭐든지!

군입정질

그까짓 거!
5만 달러 현금 봉투는
전직 총리의 군입정질 한 입 거리인가?

그까짓 거라니?
5천 만 원이 그까짓 거라면
500억, 아니, 5조쯤 군입질해야만
체포해서 수사할 작정인가?

높은 자리일수록 단 백 달러를 먹어도
배탈이 나 설사 좍좍해야
나라꼴이 제대로 된 거 아닌가?
그 설사도 감방에서,
자기 감방에서나 해야지!

나라 전체를 군입질한
전직 대통령들은 지금 어디 있는가?
구더기들 만찬 테이블 위에?
역사의 심판대 앞에?
혹시 저승마저 군입질하고 있지 않을까?

Capter 4

개 같 은 대 통 령 !

개 같은 대통령들

개처럼 생긴 대통령들을 보면 모두 웃는다.
허리를 잡고 웃어댄다.
그런 지도자를 모시는 자기 자신이
개만도 못하다는 사실에 절망하기 때문이다.

그러나 대통령처럼 생긴 개들을 보면
모두 공포에 질려 뒷걸음질 친다.
자기 자신이 사람임을 새삼 깨닫고
열등감에 사로잡혀 너무나도 괴롭기 때문이다.
아니, 그런 개가 정말 지도자가 된다면
사람 꼴이 말이 아니기 때문이기도 하다.

대통령처럼 생긴 개 앞에서는
개처럼 생긴 대통령마저 꼬리를 내린다.
가짜 개가 진짜 개를 알아보고
본능적으로 비겁함에 슬슬 기는 것이다.

그러면 개들이 왕왕 짖어대는데

선진국 언어로 번역하면:
이 개만도 못한 인간쓰레기들아!
감히! 함부로 개를 흉내 내려 하지마라!
우린 죽어서도 몸을 일용할 양식으로 내어주는
살신성인의 고귀한 족속이다.
그런데 너희는 도대체 뭐냐?

어제도 오늘도 개 같은 하루였다.
내일은 개만도 못한 하루일 것이다 분명히!
진짜 개가 아니라
개처럼 생긴 지도자나 모시고 있으니까!

개만도 못한 대통령들

유럽에서 수천만을 죽인 어느 총통 각하는
분명히 개만도 못한 대통령이었다.
러시아에서는 수천만을 굶기고 얼려 죽인
친애하는 동지 각하도 역시 그랬다.
아프리카에서 수백만을 밀림에 거름으로 쓴
그들도 개만도 못한 대통령들이었다.

동남아에서 붉은기 아래 몽둥이로, 죽창으로
물구덩이에 처박아 수백만을 청소한 그도
역시 개만도 못한 대통령이었다.
홍위병을 거느리던 자도, 인종 청소를 주도한 자도
개만도 못한 최고의 각하들이었다.

그런 대통령이 과거에만 있는 것인가?
다른 대륙, 먼 나라에만 있는 것인가?
오늘도 수백만을 굶겨 죽이는 각하는 무엇인가?
그런 자와 손을 잡은 무리는 또 무엇인가?

어느 나라 대통령이든 그 자리에 앉아 있다고 해서
광땡 잡고 얼씨구!
반드시 훌륭한 인물로 평가 되지는 않는다.
개 같은 대통령들이 있는 가하면
개만도 못한 대통령도 적지 않다.

어느 나라 대통령이든 당선 될 때나 좋은 거다.
대통령 노릇 해먹기가 쉬운 줄 아나?
그리고 대통령은 아무나 하나?
하기 싫어도 도중에 그만둘 수가 없으니
정말 죽을 맛이겠지, 안 그래?

개만도 못한 대통령이 안 되기는 쉽다,
후려치든 짓밟든 죽이지만 않으면 되니까.
그러나 개 같은 대통령이 안 되기는 정말 어렵다,
개 같은 대통령이 무엇인지 깨닫고 나면
벌써 날이 다 새고 말테니까.

개보다 더한 대통령들

고깃덩어리를 물고 가던 개가 다리 위에서
강물에 비친 물속의 개를 향해 짖었다.
그 고깃덩어리를 뺏고 싶었던 것이다.
그러나 자기 고깃덩어리마저 물속에 처넣고 말았다.
이것은 누구나 아는 이솝이야기.

가난한 나라의 돈을 몽땅 긁어 해외로 빼돌린 대통령들,
백성이야 굶어 죽든 말든 혼자만 똥배 채운 대통령들,
아들딸들, 친인척들, 너는 한 탕 나는 두 탕,
알고도 모르는 척 고개 돌린 대통령들.
정치자금, 사업자금, 평화자금, 통치자금,
고대 그리스 철학자들마저 울겠다.

개는 개니까 고깃덩어리 하나만 탐냈지,
개보다 더한 대통령들은 백성을 통 채 삼켰다.
그런데 그들이 얼마나 어떻게 먹어치웠는지는
아무도 모르고 알아볼 길도 막혀 있다.

개보다 더한 대통령은 누구나 할 수 있다.
너무나 쉬운 일이다.
그러니까 대개는 그렇게 한다,
나라에 따라 극히 예외적인 경우도 있지만……

그래서 언젠가는 새로운 이솝이야기가 나올 것이다.
고깃덩어리를 물고 가던 개가 다리 위에서
강물에 비친 개를 향해 짖다가 고기를 잃었다.
영리한 개는 물속으로 텀벙 뛰어 들었다.
그리고 고깃덩어리를 문 채 익사하고 말았다.

이런 개보다 더한 대통령들은 앞으로 무슨 짓을 할까?
바로 그것이 참으로 궁금하기만 하다.

대통령 후보가 많아 행복한 나라

대통령되기가 평생소원이라는 아이들이
골목마다 넘치는 우리나라는
진실로 진실로 행복하다.
반백년도 안 되는 짧은 역사 속에
이토록 다양한 대통령들을 경험한 우리나라는
더없이 더없이 행복하다.

아무개는 왕이 되려다가 추방당하고,
아무개는 남의 총으로 일어났다가
남의 총에 맞아 거꾸러지고,
아무개는 얼굴 마담자리에 앉았다가
자기가 주인인 줄 알고 착각해서 망신만 당하고,

아무개는 덤으로 받은 모자를
권리도 없는 자에게 양보한다며
비겁한 성명서를 낸 뒤 벙어리가 되고,
아무개는 그 모자를 밤에 슬쩍 강탈하고
한동안 잘 나가다가 감옥에 가고,

또 아무개는 사자 앞에 춤추는 여우처럼
남의 장단에 놀아나다가 역시 감옥에 가고,
아무개는 자기 평생소원은 이루었지만
국민의 간절한 염원은 개죽으로 쑤어대면서
스스로 세종대왕쯤 된다고 자하자찬이다.

그 뒤에 나올 아무개는
또 어느 개를 잡을 것인가?

어느 대통령을 본받으라고 아이들에게
가르쳐야 옳을지 난감하기 그지없다.
대통령이란 수많은 월급쟁이 가운데
가장 그럴듯하게 보이고, 가장 분주하고,
가장 외로운 월급쟁이 일뿐인데
왜들 70이 넘어서도 그 자리를 탐내는가?

누가 뭐래도 대통령 되기가 평생소원이라는
아이들이 동네방네 개미떼처럼 우글거리는
우리나라는 진실로 진실로 행복하다.

대한민국 만세! 대한민족 만만세!
절규하다 목청이 터진들
웃다가 비웃다가 울다가 미친들

영 시원치가 않은 우리나라는
진실로 진실로 행복하다,
철없는 아이들이 너무 많으니까!

군입정질

그까짓 거!
5만 달러 현금 봉투는
전직 총리의 군입정질 한 입 거리인가?

그까짓 거라니?
5천 만 원이 그까짓 거라면
500억, 아니, 5조쯤 군입질해야만
체포해서 수사할 작정인가?

높은 자리일수록 단 백 달러를 먹어도
배탈이 나 설사 좍좍해야
나라꼴이 제대로 된 거 아닌가?
그 설사도 감방에서,
자기 감방에서나 해야지!

나라 전체를 군입질한
전직 대통령들은 지금 어디 있는가?
구더기들 만찬 테이블 위에?
역사의 심판대 앞에?
혹시 저승마저 군입질하고 있지 않을까?

웬 말이 그렇게 헤퍼?

너처럼 말 잘하는 사람 아직 못 봤어.
그러니까 너는 잘 났어. 잘 났으니 출세했고
출세했으니 팔자 늘어졌겠지.

그런데 웬 말이 그렇게 헤퍼?
몸 헤픈 계집도 아니면서,
배가 고픈 거지도 아니면서,
도대체 뭘 먹자고 그렇게 헤퍼?

너처럼 솔직하게 말하는 사람도 처음이야.
그러니까 넌 참 멋있어.
멋이 있으니까 인기 얻었고
인기 얻었으니까 뭐든 굴러들겠지.

그런데 웬 입을 가만히 내버려두지 못해?
어항 속 금붕어도 아니면서,
쳇바퀴 돌리는 다람쥐도 아니면서
군것질에 그렇게 걸신 들렸어?

손바닥 뒤집듯 너처럼 아침저녁으로
아주 쉽게 말을 뒤집는 사람 흔할 줄 알아?
네 혓바닥은 손바닥이야?
넌 혀로 마구 사람을 때리고 있잖아,
심심풀이로! 실실 웃어가면서!

그러니까 넌 하늘이 낸 위인이야.
위인이니까 아무리 제멋대로 놀아도
끽 소리 하는 놈이 곁에 있을 리가 없지.

넌 참으로 아는 것도 많아.
공부하지 않는 것도 다 안다고 하잖아.
그러니까 손이 헤픈 사람은 손을 잃고
말이 헤픈 사람은 목을 잃는다는 것도 알겠지.

그런데 웬 떡을 그리 헤프게 나눠주고
웬 말을 그리 헤프게 사방에 흘리는 거야?
아무리 무식해도 딱 한 가진 기억할 게 있어.
아무도 믿지 마! 너 자신도 믿지 마!
바로 그거야.

허자(虛子)의 꿈, 장자의 꿈

허꽝이라는 사람이 있었다고 한다.
한 동네에 같이 살던 사람들이 그렇다고 하니
그가 한 때 지상에 생존한 것은 사실일 수도 있다.
마을 사람들 자신의 실재 여부도
수천 년 전 일이니 확실할 리 없지만.

어느 날 그가 꿈 속에서 하늘의 소리를
들었다고 한다:
너야말로 천하를 다스릴 황제다!

하지만 하늘의 소리란 허꽝 홀로 들었을 테고,
정말 꿈 속에서 그런 소리를 들었는지,
심지어 그가 그런 꿈을 꾸기나 했는지조차
허꽝 이외에는 아무도 알 수 없는 노릇 아닌가!

그런데 평생 백수건달로 돌아다니던 그가
다음 날 아침부터 소리치기 시작했다:
나 이외에 다른 황제는 없다.

나를 따르라!

어중이떠중이 건달들이 한 자리 노리고
몰려들어 이 마을 저 마을이 시끌벅적,
전대미문의 난리가 나고 말았다.

그를 추종하든 비웃든 가릴 것도 없이,
좌파, 우파, 중도파 따질 것도 없이
무수한 목숨이 들판의 비료가 되었으니,
이야말로 비료 대량생산 시대!
영웅시대가 아닌가!

결국 진짜 황제가 군대를 파견하니
오합지졸들은 모조리 달아나고
허꽝은 반역죄로 목을 바치고 말았다.
얼마 후 사람들은 그를 존경하는 마음으로
허꽝이 아니라 허자라고 불렀다.

장자의 나비 꿈 역시 그런 것이 아닐까?
장자가 꿈 속에서 나비가 되었는지,
심지어 그런 꿈을 꾸기나 했는지조차
장자 이외에 그 누가 알 수 있단 말인가?

아니, 장자인들 무슨 궁꿍이 속셈에
쿨쿨 자는 동안 머릿속 허상을
진실이라고 큰소리 탕탕 친단 말인가?

이동진 작가 연보

1945년	황해도 신천군 남부면 비봉리 출생
1948년	서울 거주(영등포구 상도동)
1950년	대구 거주(대명동 피난민촌)
1952년	대구 복명초등학교 입학
1955년	서울 강남초등학교 전학(상도동)
1961년	경기중학교 졸업(2월)
	시 〈나는 바다로 가지 않을 테야〉 발표(2월, 교지 "경기" 제2호)
1964년	성신고등학교 (小神학교) 졸업
1964년	가톨릭대학 (신학교) 철학과 입학
1965년	성균관대학교 영문과 2학년 편입
1966년	서울대 법과대학 법학과 입학
	시 〈'앙젤루우즈'를 울리라는〉 발표, 서울대 교지 大學新聞 (8.29.)
	시 〈갈색 어항 속의 의식〉 발표, 대학신문(11.7)
1967년	단편소설 〈위선자, 그 이야기〉 발표(10월, 법대 교지 Fides)
	시 〈10월의 대지─광시곡 1〉 발표, 대학신문(10.2.)
1968년	단편소설 〈최후 법정〉 발표(2월, Fides)
	학훈단 (R.O.T.C.) 간부 후보생(3월)
	「가톨릭시보」 현상문예작품모집 시 당선(10월)
1969년	시 〈韓의 숲〉 발표(현대문학 5월호)
	제2회 외무고시 합격(6월)
	학훈단 (R.O.T.C.) 간부 후보생, 폐결핵으로 제적(8월)
	외무부 근무 개시 (9월, 외무사무관)
	시 〈눈물〉 발표, 대학신문(6.2.)
	시 〈지혜의 뜰〉 발표, 대학신문(9.1.)
	시 〈비극의 낙엽을 쓸어내는 시간〉, 대학신문(12.15.)
	제1 시집 《韓의 숲》 발간(12월, 지학사)
1970년	〈현대문학〉 시 추천 3회 완료로 등단(2월, 추천위원 박두진)

서울대 법과대학 법학과 졸업(2월)
서울대 경영대학원 입학(3월)
월간 상아(象牙) 창간, 편집장(6월, 발행인: 나상조 신부)

1971년 월간 상아 폐간(2월, 발행인이 교회 내부 사정으로 사퇴)
극단 〈상설무대〉 창단, 극단 대표(3월)
제2 시집 《쌀의 문화》 발간(5월, 삼애사)
희곡 〈베라크루스〉 공연 (6월, 극단 상설무대, 혜화동 소재 가톨릭학생회관)
희곡 〈써머스쿨〉 공연(11월, 극단 상설무대, 가톨릭학생회관)

1972년 주일대사관 근무(2등서기관, 영사)
희곡 〈금관의 예수〉 공연(2월~3월, 극단 상설무대)
– 서강대학교 캠퍼스 야외 초연(2월), 서울 드라마센터 공연 이후
1개월간 전국 순회공연 실시
– 관련 기사 : 가톨릭시보(3.12.), "풍자극 금관의 예수, 위선적
그리스도인을 질책", 유치진 연극평 "간결해도 깊은 우수작,
격하돼가는 교회 신랄히 비판"
극단 〈상설무대〉 해산(12월)

1976년 외무부 아주국 동북아1과 근무(2월, 외무서기관)
장편소설 《그림자만 풍경화》 출간(11월, 세종출판공사)

1977년 희곡집 《독신자 아파트》 출간(3월, 세종출판공사)
희곡 〈카인의 빵〉 공연(6월, 충남대 한밭극회)
희곡 〈독신자 아파트〉 공연(12월, 강원대 극단 영그리 26)

1978년 외무부 법무담당관(3월), 행정관리담당관(9월)
제3 시집 《우리 겨울 길》 출간(3월, 신서각)
번역 《나를 찾아서》 출간(9월, 웨인 W. 다이어, 자유문학사)
번역 《버찌로 가득 찬 세상》 출간(12월, 에마 봄베크, 자유문학사)
기증: 극단 "연우무대"에 연극관련 외국어 서적 200여권 기증(12월)

1979년 번역 《미래의 확신》 출간(1월, 허먼 칸, 자유문학사)
제4 시집 《뒤집어 입을 수도 없는 영혼》 출간(1월, 자유문학사)
희곡 〈자고 니러 우는 새야〉 발표 (1월, 심상사, 별책 부록)
인터뷰, 경향신문(1.10.), "시집, 희곡집, 번역서 등 출간"
희곡 〈배비장 알비장〉 공연(3월~4월, 극단 민예, 이대 앞 민예극장)
인터뷰: 일간 스포츠(4.21.), 선데이 서울(5.6.)
희곡집 《당신은 천사가 아냐》 출간(3월, 심상사)
희곡집 《참 특이한 환자》 출간(3월, 심상사)
주이탈리아 대사관 근무 (4월, 참사관)
번역 《왜 사는가 왜 죽는가》 출간(9월, 죤 포우웰, 자유문학사)

1980년	제5 시집 《꿈과 희망 사이》 출간(5월, 심상사)
	번역 《하느님, 오, 하느님》 출간(8월, 죤 포우웰, 지유문학사)
1981년	이탈리아어로 번역된 시 5편 특집 게재(문학 및 정치평론 월간지
	L'Osservatore Politico Letterario, 1월호)
	– 관련 기사: 한국일보 및 일간스포츠(2.27.);
	서울신문 및 경향신문(3.3.); 조선일보(3.5.); 문학사상 4월호
	제6 시집 《Sunshines on Peninsula》 출간(3월, Pioneer Publishing
	Co., LA)
	번역 《왜 사랑하기를 두려워하는가》 출간(4월, 죤 포우웰, 자유문학사)
	국제극예술협회(I.T.I.) 마드리드 총회, 한국대표단 참가(6월)
	이탈리아 시인 쥬세페 롱고(Giuseppe Longo)의 시 5편 번역 발표
	(심상, 7월호)
	기행문집 《천사가 그대를 낙원으로》 출간(이탈리아 및 유럽 기행문집,
	9월, 우신사)
	주바레인 대사관 근무 (9월, 참사관)
	개인 영어 시화전 개최 (10월, 장소: 로마 Galleria Astrolabio Arte)
1982년	인터뷰 : 바레인 영어일간지 Gulf Daily News(6.2.), 영역 시 3편 게재
	번역 《악마의 사전》 출간(9월, 앰브로즈 비어스, 우신사)
	번역 《교황님의 구두》 출간(11월, 모리스 웨스트, 우신사)
	바레인 시인 이브라힘 알 아라예드(Ibrahim Al Arrayed) 대사의 詩論
	"컴뮤니케이슌의 단계, 시인과 수학자" 번역 발표(심상, 11월호)
1983년	사우디 아라비아 시인 가지 알고사이비(Ghazi A.Algosaibi) 대사의
	시집 "동방과 사막으로부터" 번역 발표(심상, 4월호.)
	번역 《악마의 변호인》 출간(6월, 모리스 웨스트, 우신사)
	제7 시집 《신들린 세월》 출간(7월, 우신사)
1984년	단편소설 〈자유의 대가(代價)〉 발표(주부생활, 3월호)
	희곡 〈배비장 알비장〉 공연(12월, 극단 노라)
1985년	제8 시집 《Agony with Pride》 출간(1월, Al Hilal Middle East Co.,Ltd.,
	Cyprus)
	– 관련 기사: 코리아 헤랄드(2.20.), 코리아 타임즈(2.26.)
	인터뷰: 경향신문(3.15.), 조선일보(3.19.)
	단편소설 〈허망한 매듭〉 발표(소설문학, 2월호)
	단편소설집 《로마에서 띄운 작은 풍선》 출간(5월, 자유문학사)
	– 관련 서평: 주간 조선(10.13.)
	사진집 〈Rhapsody in Nature〉에 영역 시 10편 발표(9월, 서울국제출판사)
	인터뷰: 소설문학(10월호), "외교관 작가"

번역 《예수님의 광고술》 출간(11월, 브루스 바톤, 우신사)

1986년 번역 《매디슨카운티의 추억》 출간(2월, 제이나 세인트 제임스, 문학수첩)
번역 《장미의 이름으로》 출간(3월, 움베르토 에코, 우신사, 국내 최초 번역)
하버드대 국제문제연구소 연구원(Fellow), 외무부 파견 연수(6월)
제9 시집 《이동진 대표시 선집》 출간(8월, 동산출판사)
제10 시집 《마음은 강물》 출간(8월, 동산출판사)
제8 시집 《Agony with Pride》 국내 출간(8월, 서울국제출판사)
번역 《이탈리아 민화집》 출간(10월, 이탈로 칼비노, 샘터사)
번역 《덴마크 민화집》 출간(12월, 스벤트 그룬트비히, 샘터사)
번역 《하느님의 어릿광대》 출간(12월, 모리스 웨스트, 삼신각)

1987년 뉴질랜드 시인 루이스 존슨(Louis Johnson) 의 시 5편 및 미국 여시인
패트리셔 핑켈(Patrisia Garfingkel)의 시 7편 번역 발표(심상, 2월호)
주네덜란드 대사관 근무(6월, 참사관)
희곡 번역: 빌 C.데이비스 작, 매스 어필(Mass Appeal), 극단 바탕골
창단기념 공연(9월)

1988년 번역 《아버지에게, 아들에게》 출간(5월, 엘모 줌발트 2세, 삼신각)
인터뷰: 네덜란드 격월간지 Driemaster(5월호)
제11 시집 《객지의 꿈》 출간(8월, 청하사)
제12 시집 《담배의 기도》 출간(11월, 혜진서관)

1989년 영역 시 11편 발표(Korea Journal, 5월호, 7월호)
장편소설 《우리가 사랑하는 죄인》 출간(5월, 삼신각)
– KBS TV, 12부작 미니시리즈로 제작, 1990.8~10.방영, 1991.2. 재방영
인터뷰 특집: 주간조선(8.6.), "인간 내면과 공직 수행"
중편소설 〈암스텔담 공항〉 발표 (민족지성, 10월호)
중편소설 〈펭귄과 갈매기의 대화〉 발표 (민족지성, 12월호)
희곡 〈금관의 예수〉, 한국 희곡작가 협회, "1989년도 연간 희곡집"에 수록

1990년 제13 시집 《바람 부는 날의 은총》 출간(1월, 문학아카데미)
주일 대사관 근무 (3월, 총영사)
번역 《무자격 부모》 출간(5월, 삼신각)
번역 《중국 황금살이 사건》 출간(7월, 로베르트 반 훌릭, 삼신각)
대담 특집 : 일본 마이니찌 신문 논설부위원장과 대담(언론과 비평,
8월호)
인터뷰 특집: 일본의 인기가수 아그네스 챤이 취재 (일본 월간지
"家庭の友", 10월호)
인터뷰: 시사 저널(10.4.), "우리가 사랑하는 죄인 소설의 원작자"
– 관련 기사: 일간스포츠(8.2.); 조선일보(8.22.); 국민일보(9.2.)
장편소설 《민주화 십자군》 출간(11월, 삼신각)

제14 시집 《아름다운 평화》 출간(12월, 언론과 비평사)
희곡 〈베라크루스〉, 한국 희곡작가 협회, "1990년도 연간 희곡집"에 수록

1991년   희곡 〈베라크루스〉 발표(월간 민족지성 1월호)
인터뷰: 일본 일간지 東洋經濟日報 (7.26.)
희곡집 《누더기 예수》 출간(8월, 동산출판사)
– 관련 기사: 동아일보(8.8.), "희곡 금관의 예수 원작자"; 가톨릭신문(9.1.)
인터뷰: 국민일보(8.17.), "문화 외교, 희곡 금관의 예수";
일간스포츠(8.19.) ; 코리아 타임즈(8.22.)
번역 《꼬마 호비트의 모험》 출간(8월, J.R.R.톨키엔, 성바오로출판사)
주벨기에 대사관 근무(9월, 공사)
번역 《귀향》 출간(11월, 앤 타일러, 삼신각)
번역 《이런 사람이 무자격 부모다》 출간(12월, 수잔 포워드, 삼신각)

1992년   세계시인대회 (벨기에 리에쥬), 한국대표로 참가(9월)
– 주제 발표: 한국 시의 현황
번역 《성난 지구》 출간(10월, 아이작 아시모프, 삼신각)
번역 《마술반지(1)》 출간(11월, J.R.R. 톨키엔, 성바오로출판사)

1993년   번역 《꼬마 호비트의 모험》 출간(2월, 톨키엔, 성바오로출판사)
인터뷰: 국민일보(2.2.), "문화 알려야"
국방대학원 안보과정, 외무부 파견 연수(2월)
– 논문 "미국 신행정부의 대한 외교정책 연구" 발표
인터뷰: 주간조선(3.4.), "외교관 시인"
제15 시집 《우리가 찾아내야 할 사람》 출간(3월, 성 바오로 출판사)
인터뷰 특집: 월간 퀸(4월호), "금관의 예수 원작자"
인터뷰: 스포츠서울(8.4.), "현직외교관 47권 출간"
인터뷰: 주간여성(8.26.), "이런 남자"
외무부 외교안부연구원 근무(12월, 연구관)

1994년   번역 《숨겨진 성서 1, 2, 3(전 3권)》 출간(1월, 3월, 윌리스 반스토운,
문학수첩)
번역 《마술반지(2)》 출간(1월, 톨키엔, 성바오로출판사)
수필 〈동숭동 캠퍼스의 추억과 나의 길〉 발표(1월, 서울대 법대 동창
수상록(2) 하늘이 무너져도 정의는 세워라, 경세원)
번역 《희망의 북쪽》 출간(2월, 존 헤슬러, 우리시대사)
번역 《일본을 벗긴다》 출간(5월, 가와사키 이치로, 문학수첩)
번역 《Starlights of Nirvana》(석용산 시선집 "열반의 별빛") 영역 출간
(12월, 문학수첩)

1995년   번역 《지상 60센티미터 위를 걸으며》 출간(3월, 미국 시인협회 회장

제노 플래티 시집, 책만드는 집)
대구시 국제관계 자문대사(4월)
중편소설 〈추억의 유전〉 발표(계간 작가세계, 95, 여름호)
번역 《공포 X 파일》 출간(7월, 추리단편선, 문학수첩)
번역 《괴기 X 파일》 출간(7월, 추리단편선, 문학수첩)
제16 시집 《오늘 내게 잠시 머무는 행복》 출간(10월, 문학수첩)
칼럼 연재 : 동아일보, "이 생각 저 생각" 주간연재(1월~4월)
매일신문, "매일춘추" 주간연재(5월~6월)
주간 불교, "세간과 출세간 사이" 주간연재(6월)
라디오 대담: MBC-FM, "여성시대"(11.25. 사회: 손숙)

1996년 번역 《에로 판타지아 1, 2 (전2권)》 출간(1월, 단편소설집, 문학수첩)
번역 《매디슨 카운티의 다리, 그 추억》 출간(2월, 제이나 세인트 제임스, 문학수첩)
라디오 대담: KBS 제2라디오(2.1.), "한밤에 만난 사람 대담"(사회: 박범신)
교통방송(2.27.), "임국희 대담, 라디오광장"
번역 《학교에서 일어나는 폭력문제》 출간(3월, 단 올베우스, 삼신각)
주나이지리아 대사 부임(3월), 주시에라 레온, 주카메룬, 주차드 대사(겸임)
시집 〈Agony With Pride〉 서평, 나이지리아 일간지 The Guardian(10.14.)
시 "1달러의 행복" 영역 발표, 나이지리아 일간지 The Guardian(12.19.)

1998년 시 "1달러의 행복" 발표(월간조선, 2월호)
제17 시집 《1달러의 행복》 출간(4월, 문학수첩)
제18 시집 《지구는 한방울 눈물》 출간(4월, 동산출판사)
– 관련 기사: 중앙일보(4.28.), "현직 외교관이 펴낸 두 권의 시집"
가톨릭신문(5.17.), "일상 소재 121편 소박한 시 담아"
중앙일보(7.9.), "한국문학 세계로 날개짓"
한국일보(7.15.), "한국문학 유럽에 번역 소개"
해누리기획 출판사 공동 설립에 참여(9월)
번역 《예수 그리스도 제2복음》 출간(12월, 조제 사라마고, 문학수첩)

1999년 외교통상부 본부 대사(1월)
번역 《바로 보는 왕따: 대안은 있다》 출간(2월, 단 올베우스, 삼신각)
희곡 《Jesus of Gold Crown》(금관의 예수) 영역 출간(3월, Spectrum Books Ltd., Nigeria)
기행문집 《아웃 오브 아프리카》 출간(8월, 모아드림)
– 관련 인터뷰: KBS제1라디오 (8.28.); KBS 라디오, 봉두완 (8.30.);
SBS라디오(8.31.); SBS라디오 이수경의 파워(9.5.)
제19 시집 《Songs of My Soul》 출간(10월, Peperkorn Edition, Germany)
번역 《The Floating Island》(김종철 시선집 "떠도는 섬") 영역 출간(12월,

Peperkorn Edition, Germany)
희곡 〈딸아, 이제는 네 길을 가라〉 발표(화백문학 제9집, 99년 하반기호)
라디오 대담: 이케하라 마모루(맞아죽을 각오로 쓴 한국, 한국인 저자)와
한일관계 대담 1시간, 기독교방송(8.13.)
칼럼 연재: 가톨릭신문, "방주의 창"(9월~12월)
인터뷰: 중앙일보(11.4.), "이득수 교수 공동 인터뷰",
조선일보(11.8.), "한국시 라틴문학론으로 포장해 유럽수출",
동아일보(11.9.), "한국문학 유럽에 소개; 교수-대사 의기투합"

2000년
평저 《에센스 삼국지》 출간(2월, 해누리출판사)
번역 《The Sea of Dandelions》(이해인 시선집 "민들레의 바다") 영역
출간(2월, Peperkorn Edition, Germany)
번역 《아담과 이브의 생애》 출간(5월, 고대문서, 해누리출판사)
대담: 평화방송 TV (6.26.), 방영 1시간, 김미진 대담, 5회 방영
인터뷰: KBS라디오(6.29), 방송 40분, 2회 방송, "나의 삶, 나의 보람",
최영미 아나운서 대담
외교통상부 퇴직 (7월)
– 관련 기사: 매일신문, 연합통신, 대한매일, 한국일보(6.26.),
뉴스피플(6.28.), "자동퇴직에 항의"
번역 《예수의 인간경영과 마케팅 전략》 출간(10월, 브루스 바톤,
해누리출판사)
번역 《예언자》 출간(10월, 칼릴 지브란, 해누리출판사)

2001년
해누리출판사 인수, 발행인(1월)
번역 《걸리버 여행기》 출간(1월, 조나탄 스위프트, 해누리출판사)
희곡 〈가장 장엄한 미사〉 발표(화백문학 제11집, 2001년 상반기 호)
번역 《제2의 성서, 신약시대, 구약시대(전 2권)》 출간(9월, 해누리출판사)
장편소설 《외교관 1, 2 (전 2권)》 출간(9월, 우리문학사)
– 관련 기사: 조선일보, 중앙일보, 세계일보(8.31.), "소설 외교관 출간,
외교부 인사정책 비판"; 동아일보(9.1.), "말, 말, 말"(소설 외교관 인용)
인터뷰: MBC 라디오 "MBC초대석 차인태입니다"(9.29.)

2002년
번역 《권력과 영광》 출간(4월, 그레이엄 그린, 해누리출판사)
번역 《이솝 우화》 출간(7월, 해누리출판사)
번역 《사포》 출간(10월, 알퐁스 도데, 해누리출판사)
번역 《군주론; 로마사 평론》 출간(12월, 마키아벨리, 해누리출판사)
수필 〈나는 부자아빠가 싫다〉 등 8편 발표(12월, 국방부 "마음의 양식"
제80집)

2003년
번역 《짜릿한 넘 하나 물어와》 출간(4월, 동화집, 해누리출판사)
특강: "21세기 문화의 흐름", 추계예술대학(4.9.)

월간 〈착한 이웃〉 창간, 발행인(5월)
– 노숙자 등을 무료로 치료하는 〈요셉의원〉 돕기 활동, 2008년 4월까지
잡지 발행, 매년 연말에 자선미술전 개최, 수익금 전액 기증
번역 《新 군주론》 출간(7월, 귀차르디니, 해누리출판사)
제20 시집 《개나라의 개나으리들》 출간(9월, 해누리출판사)

2004년   번역 《Sunlight on the Land Far From Home》(홍윤숙 시선집
"타관의햇살") 영역 출간(1월, Perperkorn Edition, Germany)
편저 《동서양의 고사성어》 출간(3월, 해누리출판사)
편저 《동서양의 천자문》 출간(4월, 해누리출판사)
번역 《세상의 지혜》 출간(4월, 발타사르 그레시안, 해누리출판사)
장편소설 《사랑은 없다》 출간(12월, 해누리출판사)

2005년   번역 《주님과 똑같이》 출간(3월, 성 샤를 드 푸코 일기, 해누리출판사)
편저 《세계명화성서, 신약, 구약(전 2권)》 출간(5월, 해누리출판사)
제15회 한국가톨릭 매스컴상, 출판부문상 수상 (12월)

2006년   번역 《아무도 모르는 예수》 출간(3월, 해누리출판사)

2007년   편역 《세계의 명언 1,2(전 2권)》 출간(1월, 해누리출판사)
서평: 《세계의 명언》, 배인준 칼럼, 동아일보(2.27.)
인터뷰 특집: 우리들의 '착한 이웃' 이동진 시인", 글 박경희, 방송문예(4월호)
특강: "이웃에게 봉사하는 삶", 레이크사이드 CC(5.7.)
제21 시집 《사람의 아들은 이렇게 말했다》 출간(6월, 해누리출판사)
번역 《링컨의 일생》 출간(8월, 에밀 루드비히, 해누리출판사)
번역 《천로역정》 출간(12월, 존 번연, 해누리출판사)

2008년   번역 《좋은 왕 나쁜 왕–帝鑑圖說》 출간(1월, 중국고전, 해누리출판사)
편저 《에센스 명화 성경–구약 1,2, 신약 1,2 (전 4권)》 출간(1월, 해누리출판사)
서평: "에센스 명화성경–구약 1,2, 신약 1,2 (전 4권) 발간", 가톨릭시보(2.17)
월간 〈착한 이웃〉 폐간(4월)
번역 《터키인들의 유머》 출간(8월, 해누리출판사)

2009년   제22 시집 《Songs of My Soul》 출간(11월, 해누리출판사)
제23 시집 《내 영혼의 노래–등단 40주년 기념시집》 출간(11월, 해누리출판사)
번역 《명상록》 출간(9월, 아우렐리우스, 해누리출판사)

2010년   번역 《성서 우화》 출간(1월, 중세 유럽 우화집 "Gesta Romanorum"의
국내 최초 번역, 해누리출판사)
《A Review of Korean History 1, 2, 3 (전 3권)》(한영우 저, "다시 찾는
한국역사") 영어 감수 및 일부분 영역, 출간(1월, 경세원)
번역 《365일 에센스 톨스토이 잠언집》 출간(7월, 톨스토이, 해누리출판사)

2011년   칼럼 연재: 원자력위원회 회보 "원우"(1월~12월)

	일본 일간지에 이동진 소개 칼럼: "브랏셀의 가을", 글 오이카와 고조, 日本經濟新聞(3.2.)
2012년	인터뷰 특집: "책벌레 외교관 30년, 책장수는 내 운명", 일간 아시아경제(9.11)
	인터뷰 특집: "출판사대표가 된 전직 대사 이동진", 기아자동차 사보 "마침표"(12월호)
2014년	번역 《Rose Stone in Arabian Sand》(신기섭 시집 "사막의 장미) 영역 출간(3월, 해누리출판사)
	편저 《영어속담과 천자문》 출간(8월, 해누리출판사)
	제24 시집 《개나라에도 봄은 오는가》 출간(12월, 해누리출판사)
2015년	대화마당 "공영방송, 국민의 기대와 KBS의 현실"에 질문자로 참여 (5.16~28., 주최 KBS이사회)
	편저 《영어속담과 고사성어》 출간(7월, 해누리출판사)
	번역 《성공 커넥션》 출간(12월, 제시 워렌 티블로우, 이너북)
2017년	제25 시집 《굿 모닝, 커피!》 출간(12월, 해누리출판사)
	번역 《영어속담과 함께 읽는 세상의 지혜》 출간(2월, 발타사르 그라시안, 해누리출판사)
2018년	번역 《역사를 바꾼 세계 영웅사》 출간(7월, 해누리출판사)
2019년	번역 《세상을 어떻게 이해할 것인가》 출간(1월, 니체, 해누리출판사)
	번역 《1분 군주론》 출간(8월, 마키아벨리, 해누리출판사)
	제26 시집 《얼빠진 세상−등단 50주년 기념시집》 출간 (12월, 해누리출판사)